# 疾き雲のごとく



伊東 潤

角川文庫
23264

目次

道灌《どうかん》謀殺

# 一

足柄の箱根の嶺《ね》ろのにこ草《ぐさ》の　花つ妻なれや　紐《ひも》解かず寝む
（足柄や箱根の嶺に咲く和草の花のような妻だから、着物の紐を解かずに添い寝しよう）

万葉の古歌《こか》を口ずさみつつ、太田道灌《どうかん》は空を見上げた。

酒匂宿《さかわしゅく》を過ぎた辺りでは、今にも雨が降りそうだったのに、足柄の関に着いた頃には、空はすっかり晴れ渡り、霊峰富士が、その雄姿を余すところなく晒《さら》している。

――この関を越えれば駿河《するが》国か。

駿河入国はもとより、富士をこれだけ間近に見るのは、道灌にとって初めてではない。しかし、関東公方《くぼう》家と関東管領《かんれい》上杉家の間で繰り広げられる争乱に疲れきった身にとって、富士を眺めつつ行く駿河への旅は、心休まるものだった。

わが庵《いお》は　松原つづき海近く　富士の高嶺《たかね》を軒端《のきば》にぞ見る

かつて江戸城から見た富士を、道灌はこう詠《よ》んだ。

遠霞《とおがすみ》による淡い濃淡に彩られた富士には、喩えようもない奥ゆかしさがあった。ところが足柄峠から見る富士はどうだ。歌人に対し「さあ、歌え」とばかりに、堂々たる姿を晒している。これでは周《まわ》りの山も引き立て役に回らざるを得ない。

——あまりにむごい富士の仕打ち。これでは周りから恨まれる。

道灌は苦笑いを漏らした。

玉のように噴き出る汗を拭《ぬぐ》う道灌に、小者《こもの》から手《て》柄杓《びしやく》が差し出された。それを受け取った道灌は、富士の美しさに抗《あらが》うかのように、わざと荒々しく飲み干した。

「うまい」

「そうでございましょう。足柄の水ですから」

すかさず小者が応じた。

時あたかも水無月《みなづき》（六月）である。曇天下での行軍とはいえ、むせかえるような暑さが、人々の肌に限りなく汗を噴き出させる。その分、水のうまさが際立つ。
小休止を終えた道灌一行は西への旅を続けた。
文明《ぶんめい》八年（一四七六）六月、道灌、四十五歳の夏のことだった。

太田道灌は永享《えいきょう》四年（一四三二）、扇谷《おうぎがやつ》上杉家の家宰《かさい》（執事）を務める太田家の嫡《ちゃく》男《なん》として生まれた。仮名《けみょう》は源六で、文安《ぶんあん》三年（一四四六）に元服して後《のち》は資長《すけなが》と名乗った。受領名《ずりょうめい》は備中守《びっちゅうのかみ》、官位は正五位下《しょうごいのげ》まで昇り、出家剃髪《ていはつ》してからは静勝軒《せいしょうけん》道灌と号した。

幼少時より道灌の才は傑出しており、九歳から十五歳まで預けられた鎌倉建長寺《けんちょうじ》では、〝五山《ござん》無双《むそう》〟（『永享記』）と謳《うた》われるほどだった。

道灌の少年期から青年期にかけて、永享の乱、結城《ゆうき》合戦、享徳《きょうとく》の乱が相次いで勃発《ぼっぱつ》し、関東には戦火が絶えなかった。その混沌の中で道灌は成長した。

寛正《かんしょう》二年（一四六一）、伊豆に下向した堀越《ほりごえ》公方足利政知《まさとも》と扇谷上杉持朝《もちとも》の領土問題がこじれ、その責任を取る形で父道真《どうしん》が退隠した。すでに康正《こうしょう》元年（一四五五）に、二十四歳で家督を継承していた道灌は、これにより名実ともに、太田家の全権を掌握することになる。

室町幕府の権威はすでに失墜し、古河《こが》・堀越の両公方、山内《やまのうち》・扇谷の両上杉という四大勢力に分割された関東は、西国に先駆けて戦国の世に入りつつあった。

そんな時代を道灌は生きていくことになる。


道灌の駿河遠征には理由《わけ》があった。

応仁《おうにん》・文明の乱の余波が地方に拡散してゆく最中《さなか》の文明八年（一四七六）二月、遠《とおと》江《うみ》・三河《みかわ》両国への進出を画策していた駿河守護・今川義忠《よしただ》は、前《さき》の将軍足利義政《よしまさ》から東軍に味方するよう要請を受け、勇んで遠江に侵出するが、国衆の奇襲攻撃に遭い、あえなく討ち死にする。

この義忠の跡目をめぐり、今川家臣団は、嫡子だがわずか四歳の龍王丸《たつおうまる》（後の今川氏親《うじちか》）を支持する一派と、義忠の従兄弟《いとこ》にあたる小鹿《おしか》新五郎《しんごろう》範満《のりみつ》を支持する一派に分裂し、内紛状態となった。

今川家の宿老たちを支持基盤とした小鹿派の勢力は強く、龍王丸とその母の北川殿《きたがわどの》は、志太郡《しだごおり》小川《こがわ》の法栄《ほうえい》長者（長谷川正宣《まさのぶ》）の許《もと》に身を隠した。

北川殿から知らせを受け、京から伊勢《いせ》新九郎《しんくろう》盛時《もりとき》という男が駿河に下ったのは、それから間もなくだった。新九郎は北川殿の弟にあたり、管領の細川政元の密命を帯びての下向だった。

早速、法栄長者と語らった新九郎は、母子を丸子《まりこ》谷《だに》に隠し、自らは石脇《いしわき》城に入った。

一方、この内紛に目をつけたのが扇谷上杉定正《さだまさ》である。小鹿範満支持を早々に表明した定正は、今川家の家督争いに介入すべく、兵を駿河に進駐させることにした。さらに伊豆を押さえる堀越公方・足利政知にも、駿河への共同出兵を促した。

定正には古河公方を倒し、堀越公方を鎌倉に移座させるという目的があり、古河公方とその与党国衆との間で交戦状態にあった。それゆえ定正の本拠・相模と堀越公方の本拠・伊豆の安定を保つには、今川家の協力が不可欠なのだ。

それだけでなく扇谷家と小鹿家は縁戚関係にあり、定正が範満支持を唱えるのは、当然の成り行きでもあった。

一方、範満も扇谷勢の威を借り、今川家の家督と駿河守護職《しゅごしき》を円滑に継承しようと目論《もくろ》んでいた。ここに両者の思惑は一致した。

かくして道灌は駿河に入った。

富士川を渡ると、範満の迎えが来ていた。彼らと蒲原《かんばら》で一泊した道灌一行は、東海道最大の難所と謳われた薩埵峠《さったとうげ》を越え、興津《おきつ》、江尻《えじり》（清水）を経て三保《みほ》に至った。しかし駿府《すんぷ》を目前とした道灌は、ここで寄り道をする。鎌倉建長寺で修行していた頃の恩師に会うためだ。

恩師は三保の梅蔭禅寺《ばいいんぜんじ》で余生を送っていた。高齢のため、この機会を逃すと二度と会えないと思った道灌は、江戸出立前に使者を先行させ、来訪を伝えておいた。範満の寄越《よこ》した出迎えと自らの手勢を小鹿郷に先行させた道灌は、少ない供回《ともまわ》りだけで梅蔭禅寺に向かった。

梅蔭禅寺では、老師が道灌の到着を待ちかねていた。手を取らんばかりに道灌を迎えた老師は、幾度も「よう来た」と言いながら、道灌を三保の松原に誘った。

清見潟《きよみがた》　富士の煙や消えぬらむ　月影みがく三保の浦波

波打ち際を歩きつつ、後鳥羽院《ごとばいん》が詠んだと伝わる歌を、道灌は口ずさんだ。夕照《せきしよう》により金色《こんじき》に染まった沖合には、あまたの漁船が浮んでいる。それらが戯《たわむ》れるように左右に行き交う様は、道灌の詩情をいたく刺激した。しかし大きな雲に遮られ、富士に夕照は届いていない。道灌には、それだけが心残りだった。

供回りを遠ざけ、道灌は老師と肩を並べて歩いた。

老師は、かつて建長寺で兵法七書を専門とする教師をしていた。

その指導を受けた道灌は、四書六学《ししよりくがく》、老荘学《ろうそうがく》、『史記《しき》』などの正史に精通し、特に兵法七書を諳《そら》んじるほどになった。

兵法七書とは中国の古典兵法書のことで、『孫子《そんし》』『呉子《ごし》』『尉繚子《うつりようし》』『六韜《りくとう》』『三《さん》略《りゃく》』『司馬法《しばほう》』『李衛公問対《りえいこうもんたい》』から成り、この時代、家格の高い武将の子弟は、この七書の教育を徹底して受けていた。

道灌はとくに『尉繚子』を好んだ。

『尉繚子』とは、秦の始皇帝に仕えた兵法家尉繚の筆になる先鋭的な兵法書のことだ。この書が異端なのは、戦争が悪であることを声高に唱え、できる限り戦争を起こさないで勝ちを収めることを説いたところにある。

道灌自慢の江戸城の迎賓館・静勝軒の名は、『尉繚子』の「兵は静を以てすれば勝ち」という一節から取られている。

老師は高齢の上、耳も遠く、何を話しているのか聞き取れないほど歯も抜けている。しかし道灌の訪問をことのほか喜び、しきりに袖《そで》を取って何事かを伝えようとした。

道灌は建長寺の日々に思いを馳《は》せた。

若輩にもかかわらず論戦を挑んだ道灌を、老師は常に優しく諭した。その優しさに反発した道灌は、さらに老師に反駁《はんばく》した。そんな日々が繰り返された末、ある日、老師が道灌に言った。

「山峡《さんきょう》にある深淵《しんえん》は自らの深さを誇らず、静かに佇《たたず》んでいる。それに対して浅瀬は虚勢を張り、さかんに川水を騒がせる。これをいかに思う」

己の態度を深く恥じた道灌は歌を詠んだ。

底いなき　淵やはさわぐ山川の　浅き瀬にこそ仇波《あだなみ》は立て

河川の渡河地点を見極める術を人のあり方に喩《たと》えて、老師は道灌を諭した。

この言葉を己への戒《いまし》めとして、道灌は歌に残した。


老師の傍らには、眼光鋭い青年僧が近侍《きんじ》していた。

老師から紹介はなく、聞くまでもなく、老師の介添《かいぞ》え役にすぎないと道灌は思っていた。


砂浜には、三人の影だけが大きく伸びていた。

あまりに小さくなった老師の影を見て、道灌はため息をついた。

人知れぬ山峡の深淵を思わせた老師が、今は幼児のように小さい影を引きずっている。


道灌は人という生物《いきもの》の無常を感じた。

その時、雲が切れ、夕日が砂浜を照らした。堰堤《えんてい》の上に並ぶあまたの松も金色に染まり、遠方に鎮座する富士の頂も黄金《こがね》色に輝いている。まさに神々《こうごう》しいばかりの光景が忽然《こつぜん》と現れた。

その様に目を奪われた道灌は、無意識裡《り》に万葉の古歌を口ずさんだ。

吾妹子《わぎもこ》に　相縁《あうよし》をなみ駿河なる　富士の高嶺《たかね》の焼《も》えつつかあらむ

それに応じるように返歌が聞こえた。

妹が名も　我が名もたたば惜しみこそ　富士の高嶺の燎《も》えつつ渡れ

一瞬、老師かと思ったが、老師はぼんやりと足元を見ているだけだ。

――すると、この男が。

介添え役の青年僧は、二人から一歩下がり、背に夕照を受けていた。

「風流心のあるお方とお見受けいたした」

道灌の問いかけに青年僧は笑みを浮かべて答えた。

「いや、それがしは若輩者でございます。子供の頃、手習いで覚えた歌が、つい口をついて出たまで。ご無礼仕《つかまつ》りました」

「万葉の古歌をすぐに返せる者は東国に少ない。お差し支《つか》えなくば、名を聞かせていただけぬか」

「名乗るほどの者ではございません」

「これも何かのご縁。ぜひに」

その青年僧に興味を覚えた道灌は丁重に促《うなが》した。

「拙僧の名は――」

一呼吸置いた青年僧は、「宗瑞《そうずい》と申します」と答えた。

「そうずい、とな」

「はい」

その時、老師が正気を取り戻したかのように顔を上げた。

「おお源六殿、あれを見よ。見事な富士よ」

道灌と宗瑞は顔を見合わせて苦笑した。

二

予定を変更し、梅蔭禅寺に泊まることにした道灌の許に、小鹿範満が馬を飛ばしてきた。

今夜は小鹿館《おしかやかた》に泊る予定だったので、迎えの者が礼を欠き、道灌が立腹していると早合点したのだ。有職故実《ゆうそくこじつ》に長じ、京風の礼法を重んじる道灌は、迎える方にとっては扱いにくい客だった。

「道灌殿、いかがなされましたか。何か礼を失したことでもありましたか。よもや当家に疑心を抱いたわけではありますまい。扇谷家に対し、われら二心などござらぬ」

一方的にまくし立てる範満に辟易《へきえき》しながらも、道灌は非礼を詫《わ》び、明日は間違いなく小鹿館に逗留《とうりゅう》することを約束した。

不承不承《ふしょうぶしょう》ながらも範満は納得し、引き上げていった。

その後ろ姿を見送りながら、道灌は苦々しい思いを抱いていた。

道灌と範満は旧知の仲だった。

寛正六年（一四六五）から翌文正《ぶんしょう》元年にかけて、小鹿範満は今川義忠の名代として関東に出陣し、扇谷上杉持朝の軍勢に加わった。

そもそも享徳の乱は、幕府の命を奉じた新公方・足利政知を関東主君として迎えるにあたり、古河公方討滅を期し、扇谷家主導で始めたものだった。

緒戦において、範満は武蔵五十子《いかっこ》付近で古河公方勢を破った。

その折、道灌と範満は初めて顔を合わせたが、範満に対する道灌の印象は芳しいものではなかった。

さかんに自身の活躍を喧伝《けんでん》し、将軍義政への報告をしつこく持朝にせがむ範満の姿に不快な思いを抱いたことを、道灌はよく覚えていた。

それは武家として当然の行為かもしれないが、自らの功を誇ろうとしない道灌にとって、耐え難いものだった。

むろん道灌とて、人から賞賛されることは嫌いではない。しかし道灌の巨大なる自我は、勝利の興奮が醒めた後、即座に「これしきの相手を斃《たお》して喜ぶは恥」という心境に至るため、しつこく自らの武功を喧伝する者を許せなかったのだ。

驚いて起きてきた老師たちに範満の非礼を詫びた道灌は、それぞれの寝所に引き取ってもらった。

梅蔭禅寺は再び静寂に包まれた。

しばし瞑目《めいもく》し、虫の声を聴いていると、静かに襖《ふすま》が開き、「ご無礼仕る」という声とともに、宗瑞と名乗った僧が入室してきた。

「さすが道灌様は関東一の弓取《ゆみとり》と呼ばれるだけのお方。あの不遜《ふそん》な小鹿殿が、息せき切って参上するとは驚きました」

苦笑しながら宗瑞は薬湯《やくとう》を淹《い》れた。

「関東一の弓取というのはおやめ下され。いろいろ誤解を招く」

「これはご無礼仕った。俗世から遠い身には、そのあたりの機微が分かりませぬ」

宗瑞の謙虚な態度に道灌は好感を抱き、この若者を試そうと思った。

「ときに宗瑞殿、いま小鹿殿を不遜と申されたが――」

「これまた、ご無礼を」

「いや、わしは真《まこと》を聞きたい。小鹿殿の評判はそれほど悪いか」

にこやかに薬湯を勧めながらも、宗瑞は上目遣いに鋭利な視線を向けてきた。

「いかにも小鹿殿は、今川家の宿老たちや譜代家臣衆には、すこぶる評判がいいと聞きます。彼らの権益の拡大を唱えているからでござろう」

「ほほう、それが悪いと申されるか」

目下の者を試すかのような道灌の口ぶりに、宗瑞は何ら反感を示さず、率直な態度で応じた。

「それが分からぬ道灌様ではありますまい。一方を立てれば一方が立たず。小鹿殿は民の負担を増やし、在地衆《ざいちしゆう》や寺社のわずかばかりの権益を取り上げようとしております。それがかの者の統治方針であり、それ以外、何の方策もありませぬ」

「ははあ、それでは、義忠殿は違ったと申すか」

「家督相続当初より、かの御仁は在地衆との融和を図り、善政を心がけてこられた。それゆえ駿河国の民は、生きる喜びを享受することができました。その方針を引き継ぐ者こそ、駿河の主とは思いませぬか」

「つまり宗瑞殿は、何を措《お》いても民の生活《たつき》を考える者こそ、国主にふさわしいと仰《おお》せか」

「いかにも。しかし手前は一介の僧、これ以上、政道のあり方を申し語ることはできませぬ。それこそは、道灌様のお役目でございましょう」

「その通りだ。では最後に問うが、領国統治とはいかなるものか」

道灌の問いかけをあたかも予期していたかのごとく、宗瑞が答えた。

「恕《じょ》の心かと」

それだけ言うと、無言で立ち上がった宗瑞は、庭に通じる障子を開け放った。

大篝火《おおかがりび》に照らされた庭園が道灌の眼前に現れた。その石庭《せきてい》の白砂《しらすな》の上には、大きな文字が描かれていた。

道灌は目を瞠《みは》った。

――この男は、わしとかような問答になると思うていたのか。

問うまでもなく宗瑞が答えた。

「道灌様とは、かようなお話になると思うておりました」

履物もはかず庭に飛び下りた道灌は、その砂文字を凝視した。

「恕か」

「恕の心をもって民を慈しむことこそ、国を治める者の務めでしょう」

「いかにもな。それこそ、わしの目指すところだ」

「それを聞いて安心いたしました」

宗瑞が深く平伏した。

「そなたは、一介の僧侶ではあるまい」

ちょうどその時、雑掌《ざっしょう》が湯殿《ゆどの》の仕度ができたと告げてきた。

「分かった」と雑掌に告げた道灌は、再び庭に描かれた砂文字を見つめた。

――日々の雑事に追われておるうちに、わしは大切なものを見失っていた。

しばし己の想念の中に沈んでいた道灌がわれに返ると、宗瑞と名乗った男は消えていた。

宗瑞を呼ぶよう雑掌に申しつけようとした道灌だったが、すんでのところで思いとどまった。用が済んだから宗瑞は引き取ったわけで、それを再び呼び出すのは、不粋《ぶすい》の極みと覚《さと》ったからだ。

――明日には会える。

道灌は思い直し、湯殿に向かった。

しかし翌朝、道灌と宗瑞が、あい見《まみ》えることはなかった。

朝の読経《どきょう》を老師と行った後、道灌は宗瑞のことを問うたが、幾度か聞き直した後、やっと返ってきた答えは、「他行《たぎょう》にやった」というものだった。

不可解な思いを抱きつつ、道灌は梅蔭禅寺を後にした。

三

恕の心とは、『論語』において孔子が唱えた言葉の一つだ。「人を思いやる心」と訳してしまえば分かりやすいが、言葉の持つ迫力が伝わりにくい。

孟子は恕の心を「忍びざるの心」と解釈した。すなわち他人の悲しみや苦しみを見て、我慢できずに手を差し延べる、衝動や本能に近い心だと説いた。

後に小田原北条家を興《おこ》す伊勢新九郎盛時《まさ》は、恕の心を「禄寿応穏《ろくじゅおうおん》」という言葉で表した。「禄寿応穏」とは、「禄と寿は応に穏やかなるべし」という謂《いい》だ。禄とは財産を、寿とは生命を意味する。

この四文字は、小田原北条家の当主以外には捺《お》せない印判《いんばん》に刻《きざ》まれ、北条家当主から惣村《そうそん》と民衆に対して発布《はっぷ》される文書にだけ使われた。

七月になると、犬懸《いぬかけ》上杉政憲《まさのり》率いる堀越公方勢三百が駿府に到着した。

堀越公方・足利政知の家宰を務める政憲は、かつて政知名代として扇谷陣営に加勢したことから、道灌とも旧知だった。それだけでなく、範満の母は政憲の娘という関係もある。すなわち範満は、扇谷家のみならず犬懸家とも強い血縁で結び付いていた。

今川家の本拠・駿府館の南東に位置する八幡山《はちまんやま》に腰を据えた道灌と、その後詰《ごづめ》の位置にあたる狐ヶ崎《きつねさき》に陣を布《し》いた政憲は、駿府館に居座る範満と連携しつつ、駿遠の国衆に対し、範満に合力《ごうりき》するよう無言の圧力を掛けた。

これにより、駿河三浦氏・朝比奈氏・庵原《いはら》氏をはじめとする今川家重臣や、龍王丸を支持したくとも不利は否めないとふんだ国衆は、引きも切らず八幡山に押しかけてきた。

その応対に多忙な日々を送るうち、いつしか道灌は宗瑞のことを忘れていった。

一方、丸子城に籠《こも》る今川龍王丸母子は、叔父の伊勢新九郎盛時を名代に据え、小鹿方同様、周囲に結束を呼びかけていた。

丸子城は標高百三十六メートルの三角山《みかどやま》の尾根沿いに築かれた山城だ。山頂の曲輪《くるわ》群は有事の際の詰城《つめのしろ》なので、母子は山麓にある泉ヶ谷《いずみや》の居館に滞在している。

龍王丸派の明るい材料は、小鹿一派の勢力伸張を妬《ねた》む連枝《れんし》の瀬名《せな》・関口・新野《にいの》氏らが、龍王丸支持に転じていたことだった。しかし、その動機からして積極的支持派とは言い難く、母子を取り巻く状況は予断を許さなかった。

嫡子相続が必ずしも一般的ではなかった当時、まがりなりにも成人し、扇谷家と堀越公方家という二大勢力との関係も深い小鹿範満という男は、今川家当主として申し分のない立場にあった。

一方、今川龍王丸は、先代の嫡子という筋目以外に取りたてて長所はなく、よしんば駿河守護となっても、国が治まるかどうかさえ分からなかった。そのため、声高に筋目論を唱える者は近親者にもいない。

この状況に範満は有頂天となり、丸子城への攻撃を強く主張した。しかしこれに、道灌は煮え切らない態度で応じた。

理由は単純だった。道灌は、この小鹿範満という男を好きになれないからだ。

確かに、扇谷家の縁戚にあたるこの男が駿河を制すれば、西からの脅威は取り除かれ、関東の戦局は扇谷家に都合のいいものとなるだろう。そのために道灌は遠路はるばる駿河にやってきたのだ。しかし、黄色く濁った目で唾《つば》を飛ばしながら自らの立場を主張するその人品《じんぴん》の卑しさを、道灌は生理的に受け容れられなかった。

道灌の態度の変化に気づいた範満は、扇谷上杉定正から道灌に圧力を掛けてもらおうと、関東に使者を飛ばした。ところが当の定正は、それどころではない事態に追い込まれていた。

当時の関東は長尾景春《かげはる》の乱により大混乱に陥っていた。

長尾景春とは山内上杉氏の家宰だった白井《しろい》長尾景信《かげのぶ》の嫡男のことだ。白井長尾氏は景仲《かげなか》、景信と二代にわたり山内上杉氏の家宰を務めてきたが、文明五年（一四七三）、景信が死去すると、山内上杉顕定《あきさだ》は景信の実弟にあたる惣社《そうじゃ》長尾忠景《ただかげ》に家宰職を継がせた。

白井長尾家の勢力が主家を上回らんばかりに伸張したため、それを危惧した顕定の措置だった。これに激怒した景春は、主家を退き与党を募った。

顕定と景春の間を取り持とうとした道灌だったが、顕定と定正に景春との関係を勘《かん》繰《ぐ》られ、結局、体《てい》よく駿河に送り出されてしまった。道灌と景春は幼少時、建長寺で共に勉学に励み、肝胆相照《かんたんあいて》らす仲だったからだ。

当初、長尾景春とその与同《よどう》勢力を軽視していた顕定と定正だったが、景春は関東の国衆の多くを巧みに取り込み、その勢力は日増しに強大になっていった。

反上杉方となった国衆は景春に呼応し、上野《こうずけ》・武蔵・相模の各地で一斉に蜂起した。当の景春は荒川沿いの要害地（後の鉢形《はちがた》城）に入り、悠然と叛旗《はんき》を翻した。

景春方は本拠の鉢形城の兵力だけで三千、各地の与同勢力を含めれば、五千以上の大兵力となりつつあった。

これに対して顕定らは、何ら効果的な対抗策が打てないでいた。定正が和睦を呼び掛けてみたが、与党が増えて意気軒昂《いきけんこう》となった景春は、惣社長尾忠景追放を唱え、譲歩するつもりはない。顕定とて関東管領の体面がある。結局、和睦交渉は不調に終わり、定正は双方に恩を売るどころか、板挟みの苦境に立たされた。

文明八年（一四七六）六月、景春が動いた。

二千五百の精兵を率いた景春は上杉方の五十子《いかっこ》陣を襲撃する。顕定と定正は、かろうじてこの攻撃を防いだものの、景春勢により周辺地域は蹂躙《じゅうりん》された。

そんな折に届いた範満の書状だった。定正にしてみれば、「何のために道灌を送り込んでいるのか！」と怒鳴り出したい気分だったろう。しかし定正は怒りを抑え、道灌への書状をしたためた。

——さては新五郎め、泣きついたな。

道灌は苦笑しつつ定正からの書状を開いた。

そこには「関東の戦局、芳しからざるゆえ、至急、帰国されたい。駿府表《おもて》のこと、新五郎は我攻《がぜ》め（力攻め）すべしと申しているが、我攻めなりとも、あつかい（和睦《わぼく》調停）なりとも貴殿に任せるので、早急に決着してほしい」とあった。さらにそこには、景春方の動向が詳しく書かれていた。

道灌はため息をつき、書状を投げ出した。

関東の戦局は景春優位に傾きつつあった。そうなれば古河公方・足利成氏《しげうじ》も景春支持の兵を挙げるはずだ。古河公方が立てば、景春は大義を得ることになる。上杉陣営に与《くみ》している国衆も、敵になびくことになる。

——悪い方に石が転がり出せば、定正や顕定くらいの器量では、どうにもならぬのだ。ここはわしが出馬し、景春を討ち取るほかあるまい。

道灌は「駿河のこと、早急に始末し、五十子陣へ出張する所存」と返書をしたため、定正に早馬を飛ばした。続いて範満を呼び出し、説得にかかった。

道灌は山城を力攻めする愚を知っている。長期戦になれば、関東帰還は遠のくばかりか、旗色次第では、せっかく味方としてまとめた駿遠両国の国衆が動揺し、小鹿方から離反する恐れもある。

しかし、範満は和睦案に強く反発した。元来、勇猛が取り柄の範満だ。何としても龍王丸母子の首を獲りたいと譲らない。

それを黙って聞いていた道灌は短冊を取り出し、さらさらと何か書きつけると、範満に渡した。

いそがずば　ぬれざらましを旅人の　のちより晴るる野路の村雨《むらさめ》
（旅人よ、なぜそんなに道を急ぐのか、野路の村雨は、その背後から上がっているのに）

短冊を読んだ範満は、道灌の意を察して赤面した。

結局、自らが駿河守護に擁立されれば、龍王丸母子を討たずとも構わぬというところで、範満は妥協した。

となれば話は早い。

使者を丸子谷に走らせた道灌は、和談の日取りを決めた。

四

応仁・文明の乱の煽《あお》りを受け、家屋敷を焼かれて荘園を失った京洛《きょうらく》の公家たちは、それぞれの伝手《つて》を頼り、地方都市に散っていった。駿府もその一つである。

駿府に下向した公家たちは京の都を懐かしみ、和歌会《わかえ》や連歌会《れんがえ》で都の美しさを歌に詠んだ。それに同情した今川義忠は、零落した公家たちのために小京都を駿府に造ろうとした。

義忠は安倍川を鴨川に見立て、それを取り巻く寺社や山々にも、清水寺《きよみずでら》、愛宕山《あたごやま》、丸山、西山、北山など京の名所に見立てた名をつけ、半ば本気で駿府に都を再現しようとした。

その小京都の中心が、今川家の本拠・駿府館だ。

駿府館は京都の将軍屋敷・公方亭を模して造られていた。公方亭と唯一異なるのは、庭園が東南の隅ではなく、北東の隅に設けられていたことだ。

言うまでもなく、富士を借景《しゃっけい》とするためだ。

駿府館の泉殿《いずみどの》は遠景に富士を望み、中景に三保の松原に見立てた松を並べ、手前に富士川を模した泉水を配するという〝駿河づくし〟の庭だった。

会見の場に指定された駿府館の会所の広縁《ひろえん》からは、その庭園が一望できる。

計算し尽くされたその縄張りに道灌は感嘆した。

しかし道灌は、交渉人に徹すべく、己の風流心を封じ込めた。

会所には、着古した衲衣《のうえ》の上に鳶《とび》茶色の絡子《らくす》をさらりと掛けた法体《ほったい》の男が一人いた。男は深く平伏したまま道灌らを待っていた。その周囲には、与同する今川家一門衆はもとより、供人《ともびと》らしき者の姿もない。

道灌は目配せし、同行した範満派の今川家重臣らを下がらせた。これで会所の中は、道灌、範満、法体の男、そして証人となる禅僧と祐筆《ゆうひつ》だけになった。

身一つで来た伊勢新九郎に道灌は失望した。

新九郎の傷んだ僧衣は、懐の乏しさを表す。単独で来たということは、瀬名ら親類衆が積極的に龍王丸を支持していないことを示唆《しさ》する。平伏を続けるということは、道灌の官位と名声に気圧《けお》されていることを意味する。

評判の高い伊勢新九郎がこの程度かと思うと、道灌は少し寂しくもあった。

「太田備中に候《そうろう》」

「小鹿新五郎」

新九郎とすでに面識があるらしい範満は、至って素《そ》っ気《け》ない。

「伊勢新九郎でござる」

その男は平伏したまま答えた。

「そなたが伊勢殿とな。しかしこれでは和談にならぬ。面《おもて》を上げて下され」

道灌が促すと、男がゆっくりと身を起こした。

道灌の眼前に、三保の松原で宗瑞と名乗った男が現れた。

道灌は驚き、「なぜ、そなたがここにおるのか」という問いを発しようとしたが、すんでのところで思いとどまった。瞬時に宗瑞の意図を察したからだ。

「これはやられましたな」

道灌は懐紙《かいし》を取り出し、額の汗を拭《ぬぐ》った。

「いや、こちらこそ失礼仕った」

宗瑞は梅蔭禅寺での非礼を詫びた。

隣では、範満が不可解な面持ちで双方を見比べている。

——おそらく宗瑞は、わしの器量と人柄を事前に探るべく梅蔭禅寺に依頼し、老師の付人としてもらったのだ。それでは、なぜ老師は愛弟子《まなでし》のわしを売ったのか。

その疑問を察したかのごとく、宗瑞が書状を前に押しやった。

「これを――」

わけも分からずのぞき込む範満の視線から、身をよじって逃れた道灌は、書状を黙読した。

それは老師からのものだった。その書状で老師は非礼を詫び、宗瑞の由緒正しい出自や、その理想の高さなどを説いていた。

「貴殿のこと、存分に肚《はら》に落ち申した」

「ご無礼仕りました」

宗瑞は再び平伏した。

その謙虚な態度に、道灌はあらためて好感を持った。

和談はうまく運びそうだった。しかし事前に道灌から「一言も発さぬように」と釘を刺されていた範満が、禅問答のようなやりとりに痺《しび》れを切らした。

「これはいかなることとか、わが肚にも収まるよう説いていただきたい」

「黙らっしゃい！」

道灌が声を荒らげたので、その迫力に気圧《けお》された範満は口をつぐんだ。

それを見て、宗瑞が口を開いた。

「ときに太田様、今川家の内紛を早急に収めたいのは双方同じと心得まする。太田様はすぐにでも関東に帰り、上杉家を救わねばなりませぬ。今川家も虎視眈々《こしたんたん》と駿河を狙う遠江（斯波《しば》家）に対する備えを厳《げん》にせねばなりませぬ」

宗瑞は関東の情勢に精通していた。

「今川家は柳営《りゅうえい》（幕府）の藩屏《はんぺい》。尤《もっと》もでござろう」

「それであらば、われらは互いの利を考えねばなりませぬ」

「いかにも」

互いの立場に一致を見たことで、話題は講和条件に流れていった。

道灌は何通りもの講和条件を肚に収めてきていた。しかし、できれば相手から先に条件を切り出させたい。それは、道灌が経験から得た交渉の鉄則だからだ。ところが、宗瑞は手の内を惜しげもなく晒してきた。

「若君と御母堂様の了解を取り付けてきたことですが――」

戸惑う道灌を尻目に宗瑞は続けた。

「駿河守護の職責、幼年では全うできぬゆえ、当職を新五郎殿にお譲りいたす」

宗瑞の意外な申し出に、道灌と範満は顔を見合わせた。あまりに呆気《あっけ》なく守護の座が転がりこんできた範満は、狐につままれたような顔をしている。

「それでよろしいのか」

道灌が重ねて問うた。

「いかにも」

喜びのあまり範満が礼を言いかけると、宗瑞がそれを右手で制した。

何かの職人を思わせる大きく筋張った手だ。

「ただし、新五郎殿守護職相続の儀は、龍王丸様元服までとさせていただき、元服の折にお返しいただく。あわせて今川家家督は、龍王丸様が継ぐものとさせていただき、龍王丸様元服まで、新五郎殿には陣代《じんだい》（後見役）となっていただく。それがこちらの条目となります」

これを聞いた範満は、火がついたように怒り始めた。

「わしは龍王丸元服までのつなぎか。そんなものは承服できかねる」

「それでは、いかがなされるおつもりか」

困った顔で宗瑞が問う。

――新五郎にしゃべらせてはまずい。

と思いつつも、道灌は思考が後手に回り、口を出すきっかけを失った。

「むろん弓矢《きゅうし》の沙汰にて決着すべし！」

その言葉に道灌が頭を抱えると、「得たり」とばかりに、宗瑞がたたみかけてきた。

「これは異なことを申される。駿河守護を継がんとするお方が、軽々しく弓矢の沙汰を口にするとは。しかも相手はか弱き母子。将軍家がこれをお聞きになられたら、いかが思われましょうか」

伊勢新九郎という男が、将軍家とのつながり浅からぬ幕府奉公衆・伊勢家の出だということを、道灌は思い出した。

「お待ちあれ。今の小鹿殿の言葉は、一時《いっとき》の気の迷いから出たものと存ずる。われら貴殿の示した条目に異存ござらぬ。よきようにお取り計らいいただけぬか」

この場を収めるには宗瑞の申し出をのむほかないことを、道灌は即座に覚った。宗瑞はあらゆる事態を想定し、先行して布石《ふせき》を打っていたからだ。

「承服しかねる！」

今にも抜刀《ばっとう》せんばかりに範満が腰を浮かしかけた。

「お黙りあれ。この道灌を名代に指名したからには、わが存念に従っていただく」

元来が短気な道灌も激してきた。

将軍家という切り札を持ちながら、高圧的な態度を取らず、こちらの立場も踏まえた妥協案を示してくる宗瑞という男に、道灌は一目置いた。

手の打ちどころは間違いなくここだと、交渉ごとに通じた道灌の勘が命じていた。

扇谷家と道灌にとっても、龍王丸元服までの十年、西方の脅威が取り除かれれば十分なのだ。

その日の午後、両陣営は駿府浅間《せんげん》神社の社前で神水《しんすい》を汲《く》み交わし、和睦を誓った。

和睦が成ったものの、いまだ不満を並べる範満の懐柔《かいじゅう》に道灌は取り掛かった。

自らはあくまで扇谷家の家宰なのだ。宗瑞と結託し、「謀反の疑いあり」などと範満から定正に告げ口されてはたまらない。関東では、長尾景春と内通しているなどという根も葉もない雑説《ぞうせつ》を流されており、道灌は疑いの目を向けられていたからだ。

道灌は範満に「伊勢新九郎は、ほどなく京に戻るはず。さすれば駿河は貴殿のもの」「龍王丸が夭折《ようせつ》するやも知れぬ」「いったん就いてしまえば、後はいかようにもなる」などと説諭し、最後には納得させた。

範満を今川館に入れた道灌は重臣に事の次第を告げ、変わりなき忠節を誓うよう血判署名を取った。元来が単純な範満はこれに安堵したのか、すっかり機嫌を直し、重臣たちの祝辞を受けた。

今川家の跡目争いが落着し、道灌の心はすでに関東に戻っていた。

道灌は宗瑞と経天緯地《けいてんいち》について、さらに語り合いたいと思ったが、機会はまたあると思い直した。むろん敵味方の名代という立場上、私信は控えた。宗瑞からも音沙汰はなかった。

道灌は往路と異なる丹那《たんな》越えの道を使って帰途に就いた。堀越公方政知に駿河騒動の顚末《てんまつ》を報告するためだ。

韮山御所《にらやま》にしばし滞在した道灌は、晩秋の伊豆を楽しんだ後、九月には江戸に向かった。

一方の宗瑞も、龍王丸母子のことを小川の長谷川法栄ら在地衆に託し、一人上方へと戻っていった。

二人の男は東西に袂《たもと》を分かち、二度と会うことはなかった。

五

文明八年（一四七六）十月、道灌が江戸に帰還すると、長尾景春との内通を疑う雑説が、まことしやかに流布《るふ》されていた。

――顕定や定正の取り巻きどもが、わしとの仲を裂くため、あらぬ風説を流しておるのだ。

小人《しょうじん》たちの風説を懸命に否定するのも煩《わずら》わしいと思った道灌は、禅僧万里集九《ばんりしゅうく》、連歌師宗祇《そうぎ》らを江戸城に招き、連歌に興じた。

そうした最中《さなか》の文明九年（一四七七）一月、長尾景春が再び五十子陣を襲った。景春の猛攻に自陣を支えきれず、顕定・定正・長尾忠景・太田道真（道灌の父）らは五十子陣を放棄、上野国北部まで敗走した。

白井《しろい》城に入った定正らは、江戸城の道灌に景春征伐を懇請《こんせい》してきたため、三月に入り、ようやく道灌も重い腰を上げた。

道灌が乗り出せば、勝負は決したも同じだ。

文明十二年（一四八〇）六月、道灌は長尾景春の乱を平定した。

道灌の活躍により、強勢を誇った長尾景春とその与党は壊滅した。しかし道灌の陰に隠れ、脇役に徹せざるを得なかった定正の心は鬱屈《うっくつ》した。乱の後半には、定正は道灌の指示に従い軍勢を動かすまでになっていた。これでは、どちらが主君か分からない。

当然のごとく、そこに佞臣《ねいしん》が付け込んだ。佞臣とは、定正の側近のような存在にのし上っていた曾我兵庫助祐重《すけしげ》だ。

祐重は、ことあるごとに道灌についての讒言《ざんげん》を繰り返し、道灌誅殺《ちゅうさつ》を定正に訴えた。しかし元来が武辺気質《ぶへんかたぎ》の定正だ。こうした祐重の讒言に当初は取り合わなかった。これに不満を抱いた祐重は、山内上杉顕定を通じて定正に圧力を掛けようとした。

長尾景春の乱も収まり、古河公方との戦いも終息に向かいつつあるこの頃、道灌を誅《ちゅう》することで扇谷家の勢力が衰えることは、顕定にとって願ってもないことだった。

早速、顕定は道灌謀反の雑説を定正に流した。

祐重より同様の讒言があったことを思い出した定正は、半信半疑ながらも道灌の表裏を疑い、内偵を開始した。

すると道灌の周囲から、怪しげな事実も浮び上がってきた。むろん、道灌本人は一点の曇りもないが、多忙ゆえ末端まで目が行き届かない。彼の傍輩《ほうばい》（与党）や被官《ひかん》による些細《ささい》な行為も、定正の胸中に疑念を生じさせるには十分だった。

道灌はこうした動きに薄々気づいていたが、関心を示さなかった。むろん、「室町幕府の秩序の下《もと》での関東の安定」を政治目標とする道灌は、謀反など考えてもいない。「豎子《じゅし》、謀《はかりごと》（この場合は政道）を共にするに足らず。最近、当家の不才庸愚《ふさいようぐ》の者がいたずらに政務を争って混乱を招いているが、いずれ讒者《ざんしゃ》の糾明《きゅうめい》も行われるだろう。忠功に励んで死を賜り、屍《しかばね》を野に晒したとしても一向にかまわない」（「太田道灌状」）と言って道灌はうそぶき、弁明など全く考えなかった。

それどころか、「自らなくして主家が立ち行かぬ」という自負心の強さが、定正への密なる連絡も妨げた。

書状以外に通信手段がない当時、武将たちは、面談ができなければ書状で連絡を取り合い、互いの誤解を解き、信頼関係を構築・維持していた。しかし、道灌はそれを怠った。その結果、定正の胸中に疑心暗鬼の黒雲が広がるのに、さしたる時を要さなかった。

その頃、京に戻った宗瑞は九代将軍・足利義尚《よしひさ》の申次衆《もうしつぎしゅう》となっていた。

むろん、それは表向きの話だ。

宗瑞は非番の時、建仁寺や大徳寺で禅修行を積むと称して出歩き、様々な方面への政治工作にいそしんでいた。

その日、宗瑞は駿河での顚末《てんまつ》を報告すべく、細川政元《まさもと》邸を訪れた。

宗瑞は細川邸の書院の濡れ縁から上御霊《かみごりよう》神社の深い森を眺めていた。その森には蟬《せみ》の声が響き渡り、時折、吹きつける南風に、鮮やかな緑が舞い踊っていた。

思えば文正《ぶんしよう》二年（一四六七）、この地で畠山政長《はたけやままさなが》と同義就《よしなり》の合戦が起こり、これが応仁・文明の乱の発端となった。

――そして再び、ここ細川邸から大乱が起こるのか。

宗瑞は、これから始まる「長い旅」を予感した。

――かの男は草深き武蔵野から来た。武蔵野とはいかなるところか、この目で確かめたいものよ。

その時、渡り廊下を気ぜわしげに歩く音が聞こえてきた。

宗瑞はゆっくりと座に着くと、間合いを計ったように平伏した。

「新九郎、待たせたな」

「右京大夫《うきようのだいぶ》様こそ、ご多忙中にもかかわらず――」

「堅苦しい前置きはよい。それより、駿河の首尾は上々と聞いたが」

右京大夫様と呼ばれた男は、太り肉《じし》の腰を下ろすと、宗瑞に先を促した。

この男こそ、かつての応仁・文明の乱における一方の主役の管領細川勝元の後継者にあたる右京大夫政元だ。

宗瑞はことの顚末を詳しく語った。

「新九郎、わしも龍王丸に家督を取らせ、そなたに後見させたかったが、扇谷を敵に回すわけにはまいらぬ。さしあたり駿遠をまとめるには、この手しかあるまい」

「仰せの通りにございます。われらの推す豆州《ずしゅう》様（足利政知）を鎌倉入りさせるためには、扇谷の合力は必須。修理大夫《しゅりのだいぶ》（定正）をこちらの陣営につなぎとめ、古河公方と民部大輔《みんぶのたいふ》（顕定）とを相争わせるには、一旦は新五郎に家督を取らせるしかありますまい」

「それにしても、新五郎にただで家督を取らせるところを、内訌《ないこう》に発展させ、うまく先々の約定を取り付けるとは大したものよの」

「それは――」

宗瑞がにやりとした。

「新五郎の名代が太田道灌殿ゆえ」

「道灌と申せば関八州一と謳われる傑物。それほどの者を、いかに手玉に取ったのか」

「富士は己を上回る山が、この世にあるとは思いませぬ」

「いかにもな。相手の自負心を打ち砕き、相手に動揺を与え、駆け引きを有利に運んだのだな」

　政元は感心したように幾度もうなずいた。

「それで、その道灌とやらは、いかな男であった」

「百年に一人と出ぬ傑物かと」

「ははあ、おぬし惚《ほ》れたな」

「はい」

　二人は忍び笑いを漏らした。

　ひとしきり笑うと、政元が表情を引き締めた。

「書状にあったが、古河公方を討伐できるのは、その男しかおらぬというのは真か」

　その若さに似合わぬ錆《さ》びた鋼《はがね》のような声音《こわね》で宗瑞が応じる。

「かの御仁は正義を専一《せんいつ》に考えるお方。大義がこちらにあらば、助力は惜しまぬはず」

　扇子《せんす》を取り出した政元は気ぜわしげに扇《あお》ぎ始めた。何かを考える時の癖だ。

　宗瑞は謀主《ぼうしゅ》として政元を立ててはいたが、多忙だった先代勝元の薫陶《くんとう》が行き届かなかったゆえか、こうした隙《すき》のある素振りを隠そうともしない政元に、一抹の不安を抱いてもいた。

――この御仁は、先々、転ぶやも知れぬ。

宗瑞は上目遣いに謀主の動作を観察した。

「分かった。それでは道灌をわれらの側に加えよう。ただし慎重に行え。もしも、おぬしの意のままに動かぬ時は――」

政元が顔を近づけた。

「殺せ」

「承知しました」

政元は扇子を畳むと立ち上り、広縁まで出た。そして周囲に人気のないことを確かめ、襖を閉めた。

「道灌とその主《あるじ》の上杉定正に将軍御教書《みぎょうしょ》を与え、古河公方と関東管領を切り従えさせる。同時におぬしは今川勢を率い、堀越公方政知を鎌倉に動座させる。わしは将軍(義材《よしき》)を追い、豆州様嫡男の清晃《せいこう》を将軍の座に据える。何とも大仕掛けなものだ。これは応仁・文明以上の大乱になるぞ。しかし、ここまでのことを考えるおぬしの頭の中身は、いかなものが詰まっているのか、見てみたいものよ」

政元の褒め言葉にも、宗瑞は無言で平伏するだけだった。

# 六

道灌が定正から書状を受け取ったのは、中秋の頃だった。そこには、久方《ひさかた》ぶりに政治向きの評定《ひょうじょう》を開きたいので、扇谷家の本拠・糟屋館《かすやゃかた》まで来てほしいと記してある。

この申し出を道灌は承諾した。

しかし道灌の糟屋館行きを知った家臣たちは、そろって反対し、病ということにして名代を立てることを勧めた。皆、定正と道灌の間に溝が広がっていることを懸念し、道灌の身を案じていたのだ。これを道灌は一笑に付した。

「あのお方に、わしを斬ることはできぬ。さようなことをすれば、家が滅ぶこと必《ひっ》定《じょう》だからな」

混乱を極める関東において、道灌抜きの扇谷家が立ち行かないことは、誰の目にも明らかだった。

心の片隅に一抹の不安を抱きつつも、道灌は意気揚々と江戸城を後にした。

扇谷家の本拠糟屋館は、北西に大山、南に相模湾を望む相模国中央部にある。

この辺りは気候温暖な上、東を流れる相模川の氾濫の影響が少ない微高地《びこうち》にあり、国府を置くにはうってつけだった。

道灌は糟屋館に着くや、すぐに定正への目通りを求めたが、定正はなかなか現れなかった。当主に擁立《ようりつ》された当初は、道灌が来たと聞けば抱きつかんばかりに駆け寄ってきた定正だったが、道灌の名が上がれば上がるほど、その態度はよそよそしくなっていった。

時の移ろいと人の心の移ろいに、道灌は寂しさを感じた。

道灌が焦《じ》れてきた頃、取次役の曾我祐重が現れた。

以前より祐重と反りが合わない道灌は、憤然として座を立った。

「お待ち下され」

「そなたに用はない。わしは御屋形様にお目通り願ったのだ」

「御屋形様は今、湯浴《ゆあ》みをしておられます」

「それなら、ここで待たせていただく」

「いや、御屋形様は道灌殿と湯浴みでもしつつ、ゆるりと雑事を談じたいとのこと」

「いつもながら悠長なことよの」

押し問答は続いたが、結局、押し切られた道灌は湯殿に向かった。

むろん出征地の温泉などで、定正と湯を共にすることは度々《たびたび》あり、疑念を差し挟む余地はない。

定正は定正なりの方法で関係修復を考えているのだと、道灌は思おうとした。

湯殿に向かう途中、道灌はふと足を止めた。そこには薄《すすき》、萩、桔梗《ききょう》など、秋の草が無造作に植えられた小さな中庭があり、月が望めたからだ。

――月は今川館の庭にも、武蔵野の大地にも、遍《あまね》く照らしている。

道灌は目を閉じ、月光に照らされた「駿河づくし」の庭園を思い出そうとした。

――月光は、あの富士にも、無名の山野にも、分け隔てなく光を与える。

月光のごとく、関東の地に遍く静謐《せいひつ》をもたらすべく、道灌は若き頃より走り回ってきた。しかし次から次に押し寄せる難題に対処するのが精いっぱいで、理想とした世界は遠のくばかりだった。

――月光は、朝が来れば日光に代われるが、わしに代わる者はいない。わしが梅醀禅寺の老師のように衰えた時、代わりを誰が担うというのか。

道灌は、神に選ばれし者の恍惚《こうこつ》と苦悩を常に味わってきた。その自負心が巨大になればなるほど、思い通りにならぬ人の心に対する絶望感は大きくなっていった。

――わしは選ばれし者なのか。わしに代わる者は本当にいないのか。

道灌は自問を繰り返した。

その時、にわかに詩情が湧いた。

懐から短冊を取り出した道灌は、さらさらと歌を書くと、小者《こもの》を呼び、「これを京にいる伊勢新九郎殿に届けよ」と命じた。

直《すぐ》からぬ　心をかくすわが影に　厭《いと》わず照らす月ぞ悲しき

（素直でない心を隠す自分の影にさえ、嫌がらず照らしてくれる月とは、何とも悲しいものだ）

巨大な自負心が己に覆《おお》いかぶさり、その重みに耐えられなくなる日がいつか来ることを、道灌は半ば予感していた。そして無意識裡に、その危機を宗瑞に知らせようとした。長い人生の中で一瞬だけすれ違った男に、道灌は同志に似た感情を抱いたからだ。しかし武人である限り、真っ向からその運命と対峙《たいじ》せねばならないと、道灌は思っていた。

道灌は西方にいる一人の男に思いを馳せつつ、湯殿へと続く渡り廊下を歩んでいった。

## 七

宗瑞の許《もと》に道灌謀殺の報が届いたのは、それから四日の後のことだった。関東に放っていた伊勢家の細作《さいさく》（忍《しのび》）からの報告だった。ほぼ同時に、伊豆の堀越公方政知からも早馬が着き、道灌の死が、いよいよ事実として裏付けられた。

定正の糟屋館を訪れた道灌は、湯浴みをしようと着衣を脱いだところを、何者かに襲撃されたという。政知の書状には、最期の瞬間、道灌が「当方滅亡」と叫んだとまで記してあった。

書状から目を転じた宗瑞は、庭の彼方に広がる東の空を眺めた。

――「当方滅亡」、いや、道灌殿は「東方滅亡」と叫びたかったのだ。そうはならぬよう、わしが道灌殿の遺志を継ぐ。

宗瑞は亡き友に誓った。

暗澹《あんたん》たる思いを抱きながら細川政元への報告に赴こうとする宗瑞の許に、さらに書状が届いた。

道灌からのものだった。

急ぎの書状ではないので、死の知らせと相前後するのは当然だ。

それを開くと、一首の歌が詠まれていた。

「直《すぐ》からぬ――か」

それを読んだ宗瑞はすべてを覚った。

道灌横死の原因が、道灌の底知れぬ自負心にあったことを。

――光は強ければ強いほど、照り返しも強くなる。栄光は華やかであればあるほど、自負心をも大きくする。やがてその光は己をも焼くことになるのだ。道灌殿、わしはそのことを肝に銘じておく。

東を望み、宗瑞は亡き友の冥福を祈った。

伊勢邸から見える東山の緑が、徐々に色づきはじめた頃だった。

# 守護家の馬丁《ばてい》

一

一番鶏《どり》のけたたましい鳴き声で目を覚ました彦三《ひこぞう》は、廏《うまや》にいることに、すぐには気づかなかった。

——昨夜はここで寝入ったのだな。

足元には、濁酒《どぶろく》を入れてきた提子《ひさげ》が転がり、周囲には、食べかけの干芋《ほしいも》が散らばっている。身体を起こしてみると、足腰が痛んだ。

昨夜、彦三はたいそう苦労して龍驤《りようじよう》を廏に入れた。なだめすかして半刻（一時間）も奮闘した末、何とか龍驤を廏に押し込んだ時は、二度と立ち上がれないほど疲れていた。

——それで帰るのが億劫《おつくう》になり、水仕女《みずしめ》（台所女中）から濁酒をもらい、ここで酔いつぶれたという次第か。

苦笑しながら立ち上がった彦三は、龍驤の鬣《たてがみ》を撫《な》でた。

さすがは相模守護 扇谷《おうぎがやつ》 上杉定正《さだまさ》の乗馬だ。朝日に反射した鬣の繊毛《せんもう》までもが、神々《こうごう》しいばかりに輝いている。

龍驤は少し顔を傾けたが、彦三と知るや、次の瞬間には再び干草を食《は》み始めた。その不遜《ふそん》な態度は、彦三を馬丁《ばてい》以外の何物でもないと知っているかのようだ。

――大したものよの。

彦三はあらためて感心した。

龍驤は長享《ちょうきょう》二年（一四八八）、定正の養子朝良《ともよし》に長男（後の憲勝《のりかつ》）が誕生したことを祝して、甲斐《かい》の武田信縄《たけだのぶつな》から贈られた黒鹿毛《くろかげ》だ。甲斐から河越《かわごえ》に来た当初、龍驤は幼馬だったが、武田家の馬丁は、手の皮が擦り剥《む》けるほど苦労して引いてきたと語っていた。

定正は龍驤を一目見た時からいたく気に入り、朝良から半ば強制的にもらい受け、自らの乗馬とした。しかし龍驤の気性の荒さは尋常ではなく、彦三の前任の馬丁頭は後肢《うしろあし》で蹴られて片目を失い、それがきっかけで職を辞した。そのため彦三が馬丁頭を引き継ぐことになった。

彦三にも、いつ何時《なんどき》こうした不幸が襲い掛からぬとも限らない。それほど龍驤は、生来の気性が荒い馬なのだ。

龍驤の気性を和らげるには、去勢が一番だと思った彦三は、それを定正に進言したが、定正は一笑に付した。

「去勢された馬に乗って戦場《いくさば》に出た者は、去勢されたような戦いしかできぬ」

それが定正の答えだった。

成長するにしたがい、龍驤の気性はさらに荒くなり、連日、馴致《じゅんち》させるために悪戦苦闘が続いた。


――そうだ、御屋形様が、そろそろやってくるはずだ。

定正は朝駆け（早朝の乗馬練習）を習慣としている。そのため早朝から馬の手入れを済ませ、鞍《くら》や鐙《あぶみ》を装着しておくことを命じられていた。

彦三が飛び起きると同時に、廏の戸を叩くけたたましい音が聞こえた。

――もう来られたか。

彦三は廏の入口に駆け寄り、立てつけの悪い戸を開けた。

「馬の支度《したく》はできておるか」

「あっ、はい」

定正は騎馬笠をかぶり、裾開きの馬乗袴に、背筋をぶっ裂きにした馬乗羽織を着て、廏の前に立っていた。

「鞍を載せろ」

「はっ」

龍驤に駆け寄った彦三は慌てて鞍と鐙を取り付けようとしたが、龍驤はこれを嫌がり、さかんに身体を振る。龍驤の馬丈《うまたけ》は優に五尺はあり、小柄な彦三はいつも持て余していた。

鞍を抱えて右往左往する彦三が尻餅を突くに及び、見かねた定正が近寄ってきた。

「よしよし」

定正が鬣《たてがみ》を撫でると、龍驤はとたんに大人しくなった。その隙《すき》に彦三は、鞍を載せると胸懸を留めて腹帯を締めた。

「不思議なものでございますな」

「なあに、馬とはこうしたものよ」

定正は得意げに言うと、自ら馬の轡《くつわ》を取って外に出ていった。

龍驤を駆って馬場に乗り入れた定正は、その巧みな馬技《ばぎ》の数々を披露した。地道《じみち》、諾足《だくあし》、拍子、翔足《かけあし》、延足《のべあし》など数種の技の妙を見せたかと思うと、突如として直進運動に移り、龍驤の図抜けた加速性を見せつけた。

全力疾走に移った際の龍驤の筋肉の躍動に、彦三は驚嘆した。

——これほどの馬はめったにおらぬ。

生きる喜びを謳歌《おうか》するがごとく、龍驤は定正を振り落とさんばかりに走り回った。しかし馬上の定正は、余裕の手綱さばきで龍驤をいなし、見事に乗りこなしている。

——これほどの乗り手もいない。

茫然《ぼうぜん》と見つめる彦三に、馬柵《ませ》を開けるよう定正が合図する。

弾《はじ》かれたように馬柵に取りついた彦三が綱を解くのに手間取るのを見た定正は、いったん龍驤を後退させると、十分な助走をつけた後、大きく跳躍した。

突然、日が陰ったことに驚いた彦三が頭上を見上げると、黒褐色の塊《かたまり》が飛んでいた。朝日に照らされたその体は山のように大きく美しかった。

彦三は、あまりのことに声も出なかった。

馬柵を飛び越えた龍驤と定正は、そのまま彼方《かなた》まで続く田園を疾走し、瞬く間に点になっていった。その後ろ姿を見送りながら、彦三は守護家の馬丁であることに大きな誇りを抱いた。

二

「源平時代の残り香を持つ最後の武将」と言われた上杉定正を当主に頂く扇谷上杉家は、室町時代の東国に武威を誇った上杉家の一枝《いっし》だ。

文明五年（一四七三）、扇谷家七代当主に擁立された定正は、文明十八年（一四八六）、宿老筆頭の太田道灌《どうかん》を粛清して権力を掌握すると、長享元年（一四八七）に勃発した長享の乱で、その勇猛さをいかんなく発揮し、縦横無尽の活躍を見せる。

とくに敵対する山内上杉顕定《あきさだ》が大軍を擁し、扇谷家の本拠・糟屋荘《かすやのしょう》を陥れんと攻め寄せた二月の実蒔原《さねまきはら》合戦では、河越から出陣した定正が長駆《ちょうく》して七沢《ななさわ》要害の救援に駆けつけ、実蒔原で顕定を散々に破った。

六月には、松山城攻めに乗り出した顕定と、それを迎え撃った定正が須賀谷原《すがやはら》で衝突して勝利し、十一月には、古河公方政氏《まさうじ》を味方につけた定正が、顕定方の鉢形《はちがた》城を目指して北上、待ち受けた顕定と高見原《たかみがはら》で激突するという大合戦も起こっている。

定正は関東三戦と呼ばれるこの一連の戦いを勝ち抜き、その武名《ぶめい》を関東に鳴り響かせた。

その後、両陣営は一進一退を繰り返したが、延徳《えんとく》二年（一四九〇）十二月、遂に和睦停戦となった。この結果、武蔵国から山内勢力は駆逐され、武蔵一国が定正のものとなった。

以後、定正は実質的な武蔵国の主として武州《ぶしゅう》と呼ばれるようになり、顕定は武蔵国鉢形から上野国《こうずけのくに》平井に本拠を戻し、不本意ながら上州《じょうしゅう》と呼ばれることになる。

明応《めいおう》三年（一四九四）六月、突如、龍驤が体調を崩した。

昨日まで元気に走り回っていた龍驤であったが、その日の朝、廏に行ってみると、息も絶え絶えに横たわっていた。慌てて駆け寄ると、龍驤は口から泡を噴き、苦しげにあえいでいた。

彦三から知らせを聞いた定正も、薬師《くすし》を連れて廏に駆けつけてきた。

「何ということだ」

常にない険しい顔つきで定正は命じた。

「龍驤の病に気づかなかったのは、世話をしているおぬしらの落度だ。龍驤の命を何としても救え。救ったなら褒美《ほうび》を取らす。救えなくば罪を問う」

定正が去った後、震え上がった薬師は薬を闇雲《やみくも》に調合し、龍驤に与えようとした。しかし龍驤は歯を食いしばり、頑として受けつけない。それでも薬師は無理に龍驤の口を開けようとした。

それを見た彦三が無言で薬師を蹴《け》倒《たお》すと、薬師はそのまま転がり、すすり泣いた。龍驤の傍らに座り込んだ彦三は、ほかにすることもないので、その鬣《たてがみ》を撫でてみた。鬣には、いつもの生気が感じられず、龍驤に死が近づいているのは明らかだった。

彦三は、定正が言葉を違《たが》えないことを知っていた。

定正にとっては馬丁も薬師も虫けらと変わりなく、ましてや落ち度のあった者の命を奪うことに、何の躊躇《ちゅうちょ》もない。定正は大功ある忠臣の太田道灌さえ殺しているのだ。

薬師のすすり泣きと龍驤の荒い息の音だけが、廏に満ちていた。

「もし」

その時、背後で声がした。

「もし、そこのお方」

「何用だ」

彦三が振り向くと、着古した僧衣をまとった痩せた男が一人、立っていた。

その浅黒い顔に隆起する二つの頬骨と深く落ちくぼんだ眼窩《がんか》のためか、はじめ彦三は、深山の仙人が現れたかと思った。しかもその立ち姿には、威厳と気品が感じられる。

「これは申し訳ありませぬ」

男の威に打たれた彦三は慌てて非礼を詫びようとしたが、男の関心はすでに馬に向いていた。

「ははあ、これが修理大夫殿の愛馬か。なるほど、関東一の奔馬《ほんば》と謳《うた》われるだけのことはある」

男はしきりに感心しながら龍驤に近づき、白く剝かれた眼球や歯茎《はぐき》を診《み》た。

その手つきは馬の扱いに慣れており、その指の先からは、慈愛の念が溢《あふ》れていた。

「わしの診立てが正しければ、これは馬の瘧《おこり》だ。流感ゆえ、この薬で治せる」

男は彦三の手を取り、小さな印籠《いんろう》を渡した。

「わしは京で馬にかかわる仕事をしておったので、馬には少し詳しい。この薬は唐土《もろこし》で調合された高価なものだが、修理大夫殿のためにお分けいたす」

何が何やらわからぬまま印籠を手渡された彦三はそれを頭上に頂き、地に額を擦り付けた。

続いて男は、傍らで呆気《あっけ》に取られている薬師に与える分量と頻度を指示した。しかし薬師は顔を強張らせたまま、うなずきもしない。

それを見た男は「ははあ、毒と疑っておるな」と言うや、その中の薬を少量、手の平に載せ、己《おのれ》の口に持っていった。

「この通り、何の害もないものだ」

男は裾の切れた僧衣を翻しつつ去っていった。

長享二年（一四八八）の関東三戦以来、小康状態を保ってきた扇谷・山内両上杉家の対立は、明応三年（一四九四）七月になって再び動き始めた。というのもこの前年、上方《かみがた》で細川政元《まさもと》が政変を成功させ（明応二年の政変）、これと連動した今川家の食客《しょっかく》・伊勢《いせ》新九郎《しんくろう》盛時《もりとき》という男が、伊豆侵攻を果たしたからだ。

伊豆は代々山内家が守護職を務める国だった。その伊豆が侵されたことに顕定は激怒し、援軍を差し向けようとしたが、そのためには定正の領国の相模国を通過せねばならない。顕定は定正に山内勢の領国通過を認めるか、定正自身が和睦の実《じつ》を見せるために、伊豆に赴くことを要請した。

ところが、定正は煮え切らない態度で明確な返答を避けた。さすがの顕定も定正の真意を疑い、早速調べさせたところ、一連の騒動が定正の手引きによるものとの確証を得た。

顕定は一方的に和睦を破棄、電撃的に武蔵国から相模国へと攻め入った。小沢原《こざわはら》で扇谷勢を破り、多摩川を渡河した顕定は、兵站基地として関戸《せきど》要害を修築、鎌倉まで攻め入り、玉縄《たまなわ》要害を取り立てた。これにより長享の乱は第二幕を迎えた。

八月、反撃態勢を整えた定正は顕定方の関戸要害を攻略、九月初めには孤立した玉縄要害を攻め落とした。

この機に乗じ、扇谷方の大森藤頼《ふじより》らによって、三浦氏の本拠・新井《あらい》城が攻略されているので、相模と南武蔵から山内勢力は一掃された。

一方、顕定は失地挽回を図るべく、武蔵国松山城の攻略に向かった。これを知った定正は、江戸城の兵をかき集めて松山城の救援に赴いた。

定正の許《もと》には、伊勢宗瑞率いる駿河今川勢をはじめとした南関東及び東海地方の有力国衆が、続々と集結してきた。

定正は狂喜し、軍容が整うや全軍に出陣を命じた。

その頃、扇谷勢の勢いに驚いた山内勢は、松山城の包囲を解き、荒川の北岸まで後退した。これにより決戦の舞台が整った。

上杉定正の名が青史《せいし》に刻まれるはずの栄光の一戦が、いよいよ始まろうとしていた。

元来、定正という男は、「武家の棟梁《とうりょう》は誰よりも強く、誰よりも美しくあらねばならない」という信念を持っており、その理想形を源平時代の名将たちに求めていた。

その傾倒は甚《はなは》だしく、当時の武装をまねるだけでなく、その蛮勇《ばんゆう》的戦術までまねた。その美学のために死んでいった将兵は数知れず、傘下国衆からは怨嗟《えんさ》の声が上がっていた。むろん定正は、そんなことを気に掛けない。

定正は、今回の荒川渡河戦も一種の絵巻や軍記物語として夢想していた。その姿を長くとどめるために絵師まで随行させていた。

定正のたった一つの心残りは、この晴れの門出を名馬龍驤に乗って飾れなかったことだった。

「宇治川の先陣争いも、鵯越《ひよどりごえ》の逆落《さかお》としも、名馬あってのものだ」

これが定正の口癖だった。

出陣の前日、定正自ら廏に赴き、龍驤の様子を確かめた。

痩せた男からもらった薬がことのほか効き、龍驤は快方に向かっていた。

それを得意げに話した彦三だったが、定正は「さもありなん」という顔をしただけだった。

彦三は男のことを問うてみた。

「ああ、かの御仁《ごじん》か」

退屈そうに定正が答えた。

「かの御仁から鞍をもらった。須磨《すま》で取れたという青貝をちりばめた美しいものだ」

――これでは答えになっていない。

彦三は問い方を変えてみた。

「かの御仁は鞍作りの職人ですか」

「まあ、そんなところだ」

定正は、ため息をつきつつ首を横に振った。

「この馬は、まだ万全ではないな」

確かに龍驤は、戦場で働けるほど回復しているとは言い難かった。廏の外を散歩することはできても、戦場を疾駆《しっく》するまでには至っていない。

定正は仕方なく別の馬で出陣することにした。しかし龍驤が全快したらすぐに前線まで引いて来るよう、彦三に強く申しつけた。

「それは――」

喉《のど》から出かかった言葉をのみ込み、彦三は首をかしげた。

だが、それを察する定正ではない。

「この馬は、わし以外の者の乗馬を許さぬほど気位が高い。しかし馬丁であらば、引いてくることとぐらいできるはずだ」

一方的に決めつけると、定正は廏を出て行った。

彦三はその場に茫然と立ち尽くした。

――たとえ敵を押し切ったとしても、戦乱は半年でやまぬだろう。快方に向かっている龍驤が、その間に治らぬわけはない。どのみちわしは、この馬を引いていくことになる。

殿で途方に暮れていると、河越城に残る者は、総出で出陣する定正らを見送るようにという使番《つかいばん》の声が聞こえた。

命じられるままに彦三は大手門に向かった。

次々と出陣する扇谷勢をぼんやりと見送っていると、列も終わりに近づいた頃、最後尾を進む男に視線が吸い寄せられた。

合戦に出向くとは思えない着晒《きざら》しの僧衣に痩せた身体を包んだ男は、駄馬の背で揺られていた。その姿はとても武人に見えなかった。

三

定正率いる扇谷勢は、高見原を経て荒川河畔《かはん》まで進出した。

決戦の機は熟していた。

関東管領《かんれい》・山内上杉顕定を倒すという青史に残る偉業を成し遂げる時が、いよいよ迫っているのだ。

――顕定だけは許せぬ。

かつて顕定は定正に道灌暗殺を使嗾《しそう》し、それが成るや、手の平を返したように敵対した。

その血筋のよさからか、定正は自責で物事を考えるという習慣を欠いていた。道灌を殺したのは定正自身にもかかわらず、いつの間にか道灌の仇《かたき》は顕定で、その仇を取ることが道灌の弔いになると、定正は思い込んでいた。

——道灌、見ておれよ。

定正は奮い立っていた。

対岸に出した物見《ものみ》が戻り、敵勢はいずこかに逼塞《ひっそく》し、討って出てくる気配はないと伝えてきた。

いよいよ敵国中枢部への討ち入りだ。

——わしが伝説になるのだ。

「上杉修理大夫、武州寄居《よりい》乗入れの図」

定正は、「宇治川の先陣争い」を髣髴《ほうふつ》とさせる勇壮この上ない自らの姿を、ありありと心に描いていた。

——しかし後世に編《あ》まれる絵巻物や軍記で、必ず取り上げられるはずのこの場面で、わしの乗馬が龍驤でないのは困る。

龍驤以外の馬で荒川を渡るなど、定正は想像だにできなかった。

にわかに進軍を停止した定正は、荒川河畔での野営を命じた。後方より龍驤を引いて来させるためだ。

早速、早馬が河越に向かった。

その話を聞いた時、宗瑞は苦笑し、「勝利を目前にした武将が、それを捨ててまで待つものなどあるまい」と言って定正本陣に向かった。しかし本陣を出てきた宗瑞の顔は、いつになく険しかった。

「気まぐれにもほどがある」と吐き捨てると、宗瑞は大きなため息をついた。

定正に面談した宗瑞は、「戯言《ざれごと》もほどほどになされよ」と苦言を呈したが、定正が本気であることを知るや、口を極めて即時の討ち入りを進言した。

しかも荒川南岸の田畑には、二万の軍勢を養う兵糧はない。すでに敵味方の将兵が食べ尽くしていたからだ。対岸に渡って刈り働き（兵糧略奪）しなければ、大軍を養う術《すべ》はない。

扇谷勢といっても、突き詰めれば中小の国衆をかき集めた寄せ集め軍団なのだ。糧《りょう》秣《まつ》がなくなれば無断で陣払いする者も出てくるだろう。そこを突かれれば間違いなく負ける。敗走ともなれば攻守ところを変え、これまでの快進撃も水の泡となる。

宗瑞はこうした状況を踏まえ、懸命に定正を説いた。しかし定正は、「伊勢殿、これは青史に残る一大決戦だ。混乱する関東を統一するという大事業なのだ。わしの名が歴史に刻まれるこの一戦に、駄馬で出撃できるか」と言って聞き入れない。

この言葉を聞いた宗瑞は説得を諦《あきら》めた。話が噛み合わぬ相手にいくら説得を試みても、徒労に終わるだけだからだ。

深夜、自陣に戻った宗瑞は、「神仏が束になっても、あの暴れ馬を引いては来られまい」と言い捨てるや、小者《こもの》を呼びつけ、麝香草《じやこうそう》・イラクサ・トラノオなどの薬草を探すよう命じた。

朝日が昇るや、小者たちは競い合うように近くの山や野に散っていった。

昼頃に薬草がそろうと、宗瑞はそれらを薬研《やげん》で丹念にすり潰《つぶ》した。そして薬籠《やくろう》を取り出し、明礬《みようばん》や丹砂《たんしや》など様々な薬種を調合すると、乳鉢《にゆうばち》に入れて、それらをさらに混ぜ合わせた。

でき上がった薬を印籠に詰めた宗瑞は、それを使者に託した。

龍驤はすでに全快していた。

定正の許に引いていかねばならぬ時が迫っていたが、彦三は決心がつかぬまま無為に日々を送っていた。

そんな彦三の許に定正の使者が着いた。

その口上を聞いた彦三は震え上がった。遂に来るべきものが来たのだ。

彦三は常と変わらぬ素振りで龍驤の轡を取って、廐の外に出そうとした。ところが彦三の意図に気づいたのか、龍驤は頑として動かない。慌てた彦三が強く引いてしまうと、もういけない。

龍驤は梃子《てこ》でも動かないといった顔で干草を嚙《か》んでいる。

――二万の軍勢がわしを待っている。

正確には龍驤を待っているのだが、あまりの責任の重さに彦三は混乱していた。

一人で走り抜いてでも駆けつけたい衝動にかられたが、それを抑え、彦三は龍驤に優しく語りかけた。

「なあ頼む、動いてくれぬか」

彦三が懇願しても龍驤は頑として動かなかった。

――どうしたらよいのだ。

彦三は遂《つい》に諦め、その場にへたり込んだ。

とうに両親は亡くなり、兄弟は離散して行方《ゆくえ》も知れない。むろん妻子もいない。

――名残惜《なごりお》しいものなどない。

そう思うと、急に死にたくなってきた。

――そんなわしを拾ってくれた御屋形様のご恩にさえ、報いることができぬのだ。

古錆《ふるさ》びた鎧通《よろいどおし》を取り出した彦三が、それを首に突き立てようとした時、別の使者が廏に飛び込んできた。

「これを飲ませれば、龍驤は朦朧《もうろう》となり、おとなしく引かれて行くと申すのだな」

「い、いかにも」

彦三の鬼気《きき》迫る顔つきに気圧《けお》された使者は、数歩、後退した。

すぐさま薬師を呼び出した彦三は、書面に指示された分量を薬師から与えさせようとしたが、他人の調合した薬を与えるという仕事に、薬師は気分を害していた。しかも薬師の気持ちなど考えるゆとりのない彦三は、居丈高な調子になっていた。

――二万の軍勢の命運が、わしの肩に掛かっているのだ。

たとえ薬師だろうと、その重大性が分かっていれば、細かいことは気に留めないと彦三は思っていた。

しかし、かつて面目を失っていた薬師は、宗瑞に深い恨みを抱いていた。彦三とも元来、犬猿の仲なのだ。しかも馬に薬を飲ませ、前線へ連れていけても、宗瑞や彦三の手柄にこそなれ、自らの面目は潰れるだけだ。

薬師は、彦三が文字の読めないのをいいことに、指示された分量をはるかに超えるものを龍驤に与えた。

翌日、彦三が出立《しゅったつ》したことを確認した薬師は出奔《しゅっぽん》し、二度と戻らなかった。

# 四

河越城から荒川河畔までの道のりを、彦三は龍驤の轡を取って進んだ。頭が朦朧としていても、なぜか龍驤の脚はしっかりしている。

——不思議なほどの薬の効き目だ。かの鞍作りは大したものよ。

彦三はうれしさを隠し切れず、宿町の門にかかる度に、「相模守護職の御乗馬なり！」と喚《わめ》きながら、胸を張って通過した。

待ちきれない定正から派遣された扇谷家の宿老らが、高坂《たかさか》・松山・須賀谷・奈良梨《ならなし》などの宿ごとに、彦三を出迎えた。彼らを引き連れた彦三は、まさに一国の主になったような気分で荒川河畔を目指した。

いよいよ定正の陣所が近づいてきた。すでに「龍驤着到《ちゃくとう》」の知らせが届いている陣所の前は、黒山の人だかりとなっていた。

急造の冠木門《かぶきもん》にもたれて例の鞍作りも立っていた。目礼する彦三に、鞍作りは素《そ》っ気《け》なくうなずくと、人ごみの中に消えていった。

出陣の仕度で陣内は大わらわだった。

緊張した面持ちで働く兵をかき分けるようにして、いよいよ彦三と龍驤が定正本陣に着いた。

陣幕の外に出てきた定正に拝跪《はいき》した彦三は、押し頂くように轡を渡した。期せずして歓声が沸き上った。

この瞬間、彦三の役目は終わった。定正は、肩の力が抜けてその場にへたり込みそうになる彦三を抱え起こし、周囲に聞こえるように言った。

「この者の功は何物にも代え難い。この者をわが家の廏《うまや》奉行とし、扶持取《ふちど》りさせる。このように、己の仕事に励んだ者は報われる。これからも働き次第で、いかようにも立身させせようぞ！」

周囲はどよめき、続いて「応！」という声が響き渡った。

――わしが侍になるのか。

彦三は聞き違いだと思った。しかし周囲から祝福され、それが事実と知るや、卒倒しそうになった。

――これは、夢ではないか。

彦三がわれに返った時、すでに定正は龍驤を引き、三献《さんこん》の儀（出陣式）に向かっていた。

人ごみの中、彦三は宗瑞を探した。もっと丁寧に礼を言いたかったからだ。しかしその必要はなかった。宗瑞の方も彦三を探していた。

「おい」

「あっ、これは鞍作りの旦那、探しておりました」

彦三が礼を言う暇《いとま》も与えず、宗瑞が問うてきた。

「馬の様子がおかしい。わしの指示通りに薬を与えたのか」

切迫した宗瑞の様子に、彦三は愕然とした。

「いったい何のことで」

「よいか、これは大事なことだ。あの薬は抜ける際、多少錯乱する。すでに途中で錯乱しておればよいが、どうもまだ薬が抜けていない気がする」

彦三には何のことやら、さっぱり分からなかった。

「しっかりしろ。あの馬は途中、錯乱したか」

荒々しく肩を摑《つか》まれ、彦三はただならぬ事態にようやく気づいた。

「いえ、あのままここに――」

「しまった。そうか、投薬をあの薬師に任せたのだな」

「はい、わしは字も読めぬし、われら馬丁には、薬を与える権限がありませぬゆえ」

「何ということだ。あの薬師は、わしの指示した量をはるかに上回るものを与えたに相違ない」

言うが早いか、宗瑞は踵《きびす》を返して定正の方に向かった。

事態をのみ込めぬまま、彦三も後に続いた。

その時、幾重にもなった兵たちの輪の中で、鐙《あぶみ》に足を掛けようとする定正の姿が見えた。

「待たれよ！」

宗瑞は怒鳴ったが、定正の周囲には人垣ができ、前に出るのは容易ではない。

その人垣を何とかかき分け、宗瑞と彦三が最前列に出た時、すでに定正は馬上にいた。

「お待ちあれ！」

宗瑞の叫びは周囲の喧騒《けんそう》にかき消されたが、定正は宗瑞の姿を認めたらしく、大声で返してきた。

「これは伊勢殿、わしが敵地に乗り入れる様《さま》を、とくとご覧《ろう》じろ！」

朦朧として俯《うつむ》く龍驤に、定正は強く鞭《むち》を入れた。

その時だった。

落雷に貫かれたかのように全身を強張《こわば》らせた龍驤は、高くいななくと、狂ったように暴れ始めた。

一瞬、虚を突かれた定正だったが、それでも得意の馬術を駆使し、何とか体勢を立て直そうとする。しかしその甲斐なく、首にしがみつくだけで精一杯となった。

周囲の人垣は瞬く間に崩れ、誰もが先を争うようにして逃げ出した。

宗瑞と彦三は龍驤を捕まえようと土埃《つちぼこり》の中を懸命に走り回ったが、逃げ惑う人々にぶつかり、龍驤に近づくことさえできない。

遂に陣幕を蹴破《けやぶ》って河原に出た龍驤は、兵たちの掘っ立て小屋を薙《な》ぎ倒しつつ暴れ回った。

さすがの定正でさえ、落馬しないようにするのがやっととなった。

すると、突如、雷撃されたかのように龍驤の身体を痙攣《けいれん》が襲い、二本脚で仁王立ちした。これには、たまらず定正も落馬する。

その周りを龍驤は狂ったように走り回り、倒れた定正の背中を幾度も踏みつけると、全身を痙攣させて横転した。

しばし荒い息を上げつつ、その場でのたうち回った龍驤だったが、悲しげにいななくと、遂に動かなくなった。

周囲に沈黙が訪れた。

われに返った宗瑞が定正の許に駆け寄り、抱き起こしたが、骨という骨がばらばらに砕かれた定正の遺骸は、宗瑞の腕の中で水母《くらげ》のように垂れ下った。

上杉定正、享年五十二。

栄光を目前にした男は、滑稽《こっけい》にも馬に踏みつけられてその生涯を閉じた。

一方、龍驤は白い目を剝き、悶死《もんし》していた。

気づくと周囲は大騒ぎとなっていた。


茫然と立ち尽くす彦三を人気《ひとけ》のないところに連れ出した宗瑞は、「これをやるから、すぐに逃げ出せ。ここにいたら叩《たた》き殺されるぞ」と、紐《ひも》に通した永楽銭《えいらくせん》を押し付けた。

「わしは守護家の馬丁――」

意味不明のことをつぶやく彦三を無理やり陣外に送り出した宗瑞は、陣内に戻るや、右往左往する将兵をまとめ、定正養子の朝良に撤退の方法を指南し始めた。

ところが諸将は朝良の下知《げち》に従わず、われ先に陣払いを始めた。そうなれば敵に知られるのは自明となる。一刻もしないうちに、敵の偵察部隊がちらほらと対岸に現れ始めた。

それでも殿軍《しんがり》を引き受けた宗瑞だけは、陣を払わず河畔に居座り続けた。

その数は五百に満たなかったが、威厳ある陣立てに気圧された敵は様子をうかがうばかりで、渡河する気配を見せない。

その間隙《かんげき》を突き、朝良が戦場から離脱すると、それに続き、ようやく宗瑞の殿軍が動き出した。

それを見た敵は、対岸から激しく矢を射掛けてきた。

これを見た宗瑞は目くらましのために河畔の陣所に火をつけて回ったため、瞬く間に黒煙が立ち込めた。

「引けや、引けい！」

味方を逃がした宗瑞が最後に振り向くと、視線の隅に茫然と佇《たたず》む彦三の姿が認められた。しかしその姿は、一瞬のうちに黒煙にかき消された。

宗瑞は彦三の無事を祈った。

この後、うまく兵を進退させた宗瑞は、何とか敵の反撃を凌《しの》ぎ、本拠の伊豆に帰り着いた。

五

定正の頓死《とんし》により急な撤退戦を強いられ、なけなしの軍勢の大半を失った宗瑞だったが、その後の人生に挫折の二字はなかった。

気づけば、扇谷家を支えてきた大森・三浦両氏を滅ぼし、伊豆と相模二国の太守《たいしゅ》となっていた。

一方、定正の死をきっかけとして始まった扇谷家の衰退は、天文《てんぶん》十五年（一五四六）、宗瑞の孫・氏康《うじやす》との河越夜戦において、扇谷家の息の根が止まるまで続く。

まさに、定正が龍驤にまたがった瞬間、扇谷家の家勢は頂点を極め、その直後に定正が落馬したことで、衰退が始まったのだ。

盛衰の分岐点をこれほど鮮やかに歴史に刻んだ一族はない。


伊勢宗瑞という男は、日本国開闢《かいびやく》以来、初めての民政家となった。言い換えれば、この時代に領国統治を理解していた唯一の政治家と言える。

守護大名が在地領主層を通して農民を支配したのに対し、戦国大名は土地と農民を一元的に支配することを目指した。その魁《さきがけ》が宗瑞だった。

その理念を実践するために、宗瑞は当時の農村にとって最重要課題だった多様な相《そう》論《ろん》（訴訟）を、統治者その人が裁くという方法を取った。土地の境目争いから水争い、寺の宗旨《しゆうし》論争から強盗などの犯罪に至るまで、宗瑞はあらゆる訴訟に自ら沙汰《さた》を下した。統治者とは搾取《さくしゆ》する者と思ってきた民衆にとり、宗瑞こそ待ち焦がれた領主だった。


ある日、韮山《にらやま》城の白洲《しらす》にいつものように現れた宗瑞は、領国内を荒し回った名うての馬泥棒の裁きを行うことになった。

「馬泥棒の裁きとは退屈よの」と苦笑する宗瑞に、陪席《ばいせき》する家臣の一人が「それにしても、珍しい盗人《ぬすびと》もおり――」と、その罪状を語った。

奇妙なことに、この馬泥棒は警固の厳重な北条家家臣の廏から馬を盗むことを常とし、最後は韮山城の廏に押し入り、宗瑞の馬を盗もうとしたところを捕まったという。

当時、馬は放牧していることが多く、あえて屋敷内の廏に押し入る者は少なかった。

「警戒厳重な韮山城の廏にわざわざ押し入るとは、どういう了簡をしているのか、全く分かりませぬ」と言って、その家臣は笑った。

馬泥棒の豪胆《ごうたん》さに宗瑞も苦笑を漏らしたその時、白洲で上体を押さえつけられていた馬泥棒が顔を上げた。

「まさか、彦三ではないか！」

そこには、老いた彦三がいた。

「いかにも彦三でござる。このような姿を晒《さら》し、無念の極み」

「なぜ、そこまで身を落とした」

「わしには馬のことしか分かりませぬ。しかし、武州様（定正）の馬に毒を盛った馬丁とあっては、どこの家でも召し使ってはくれませぬ。となれば落ち行く先は一つ」

「そうか、それは哀れだった。しかし、なぜ経緯《いきさつ》を知るわしを頼らなんだか」

「わしは今では一介の馬泥棒。しかし昔を思えば守護家の馬丁。その誇りもございます。いかに食うに困ろうと、わが扇谷家から国を盗まれたお方の馬丁に収まるわけにはまいりませぬ」

「尤もだ。それで、わが家の馬を盗んでいたのだな」

「わしには、国を盗み返すことはできませぬゆえ、馬を盗むことで、亡き武州様の恩に報いようと思いました」

宗瑞は苦笑すると、「縄を解け」と命じ、いくばくかの金子《きんす》を渡そうとした。

しかし彦三はこれを断り、どこへともなく去っていった。

むろん、これ以後、彦三の姿を見た者はいない。

# 修善寺の菩薩

一

心地よい眠りから醒《さ》めた茶々丸は、頭が何か暖かく柔らかいものの上に置かれていることに気づいた。

「香月《かげつ》か」

茶々丸は香月の膝の上でまどろんでいたことを思い出した。

「お目覚めですか」

「わしが寝ている間、ここでこうしていたのか」

「はい」

「すまぬな」

「いいえ、茶々様の寝顔を見ていれば飽きませぬゆえ」

「うれしいことを言ってくれる」

茶々丸は満足げに香月の膝を抱き寄せた。

「随分と深くお休みでした」

「わしが安心して眠れるのは、ここだけだからな」

香月の膝を抱え込むようにして、茶々丸は目を閉じた。

茶々丸の鬢《びん》を撫《な》でる香月の繊細な手つきが、再び茶々丸を眠りに誘った。

「思えば、人の縁《えにし》とは不思議なものでございますな」

香月の舌足らずな声と唇の擦過音が、茶々丸の脳髄を痺れさせる。

「修善寺の宿《しゅく》に流れつき、もはや私に先はないとあきらめていた矢先、茶々様に出会えるとは。神仏のお導きとしか思えませぬ」

「わしとて同じ思いよ。血で汚《けが》れたわしを大事に思うてくれる女子《おなご》に出会えるとは、思いもよらなんだ」

「もったいない」

香月の頰《ほほ》を伝った涙が茶々丸の頰に落ちた。

それに気づいた香月が懐紙《かいし》を取り出すより早く、茶々丸は涙を指ですくい、自らの口に入れた。

「好いた女子であれば、涙まで甘いものか」

「茶々様――」
茶々丸の額に頬ずりすると、香月は故郷《ふるさと》の信州麻績《おみ》の童子唄《わらべうた》を口ずさんだ。

向うとおる　猿が三匹とおる
先の猿はもの知らず　後の猿ももの知らず
真ん中のちょび猿は　よくものを知っていて
あの山くずして堂建って　堂のまわりに花まいて
子んども衆子んども衆　花折りに行かねかね
なんの花折りに
牡丹しゃくやく　菊の花折りに
一本折っちゃ　腰にさし
二本折っちゃ　腰にさし
三本目に　日が暮れて

どこの宿に　泊まろうか
油屋に泊まって
油かすもらって　枕元においたらば

猫か鼬鼠《いたち》か　ちょっくらちょっと引いてって
そこを見つける見つけると　たかずっぽ拾って
手でとるも　おっかなし
足でとるも　おっかなし

茶々丸は、以前から香月を側女《そばめ》として堀越《ほりごえ》御所に上げたかった。たびたび香月に頼みもした。しかし香月は、決して首を縦に振らなかった。

茶々丸は癇癪《かんしゃく》を起こし、無理やり連れ去ろうとしたが、香月が舌を噛《か》むとまで言ったため、遂にあきらめた。

その理由を問うても、香月は首を横に振るだけだった。

——それならば、今にも消え入りそうな、この時だけを大切にしたい。

茶々丸は蛍を掌《たなごころ》に封じるように、香月と過ごす時を愛《め》でた。

「麻績とは、いかなところか」

「よいところですよ」

香月が遠い目をした。

「麻績は『上り下り三里の難所』と謳われた猿ヶ馬場峠を行き来する旅人たちの宿場町。姨捨山《おばすてやま》から日が昇ると、旅人たちは起き出し、出支度《でじたく》に掛かります。わたしら女《め》童子《わらべ》はそれを手伝い、旅人たちを送り出します。駄賃をはずんでくれた人には、その影が峠道に消えるまで手を振ります」

「さぞ帰りたいであろうな」

「帰りたい。今にも飛んで帰りたい。でも麻績には、もう私の居る場所はありません」

香月が寂しげに笑った。

茶々丸がさらに何か問おうとした時だった。

下腹を突き破るような痛みが襲ってきた。

「いかがなされました！」

「癪《しゃく》の虫が起きた」

すばやく茶々丸の頭を枕に載せた香月は、周囲を見回し印籠《いんろう》を探した。

「香月、内膳《ないぜん》を呼べ！　早く……」

茶々丸の顔は見る間に血の気が引き、死人のように青ざめていった。

「御免！」

香月が呼ぶまでもなく、事態を察した田中内膳が部屋に飛び込んできた。

内膳は香月の差し出す薬を奪うと、慣れた手つきで茶々丸に飲ませた。

ほどなくして発作は収まったが、茶々丸はそのまま気を失った。

「発作が起これば、すぐわしを呼べと、あれほど申し付けたであろう！」

内膳が猜疑《さいぎ》に満ちた眼差《まなざ》しを向けてきた。

「申し訳ありません」

消え入るように頭を下げる香月に内膳が吐き捨てた。

「わしを甘く見るなよ」

田中内膳は茶々丸に影のように付き従う側近だ。茶々丸が香月の部屋に上がる時は、いつも事前に部屋内を調べ、遠慮なく香月の体も確かめていく。

香月の体をまさぐるその手つきには、わずかの感情もなく、それがかえって不気味だった。

しばらくして意識を取り戻した茶々丸は、従者の肩を借りて御所に戻っていった。

香月は宿の門柱に寄りかかり、去り行く一行を見送った。

すでに日は昇りきり、宿のそこかしこから炊煙が立ち上っていた。

二

その晩、茶々丸はいつもながらの物々しい行列を率い、朝のことが嘘のような顔つきで修善寺宿に現れた。

門前に居並んだ宿の年寄たちは、平身低頭して茶々丸一行を出迎えた。

菱屋の二階の欄干《らんかん》にもたれ、香月はその様子をぼんやりと見ていた。

香月を預かる傾城（女郎）屋は菱屋といった。茶々丸に香月を紹介したのも菱屋の亭主だった。ここに来て間もない香月は知らなかったが、傾城仲間の話によると、堀《ほり》越公方《ごえくぼう》になる前の茶々丸は、裸馬《はだかうま》に乗って一人でふらりとやってきては、ぎらぎらした目で新しい傾城を物色していたという。

——変われば変わるものよ。

ある古手の傾城はそう囁《ささや》いたものだった。

茶々丸の行列は、赤いベンガラを塗った千本格子《せんぼんごうし》の傾城屋を何軒か通り過ぎると、菱屋の前で止まった。

——これは珍しいこと。

鏡台の前に座った香月は、垂髪《すいはつ》に結った髪を手早く梳《す》き直し、身支度を整えた。

最近の茶々丸は、宵の口に若い傾城相手に獣欲を満たした後、夜も更けてから菱屋にやってくる。そのため香月は寝物語だけつき合う日が多い。ところが今日は、最初から菱屋の暖簾《のれん》をくぐってきた。

化粧を済ませた香月は、鏡台の前で立ち止まって笑顔を試すと、ゆっくりと階段を下りていった。

「癪のおかげで、今朝はろくに話もできなかったからな」

茶々丸の言い訳には、甘えが混じっていた。

聞くところによれば、茶々丸の母は茶々丸を産むとすぐに没したという。そのため茶々丸は、年上の香月に甘える時がある。

「あれだけお飲みになってから来られたんですよ。ろくな話もできませんよ」

香月はわざと、はすっ葉に笑った。

「近頃は、癪の虫がよく騒ぐので、飲まねばいられぬのだ」

「お酒が癪の因《もと》では」

「まあ、そう申すな。わしには、これだけが楽しみだ」

「酒で癪は治りませんよ」

「伊豆の薬師《くすし》が処方した薬でも治らぬ」

「まあ」

「しかし、都の高名な法印《ほういん》（医師）とて何ら変わらぬ。父が死の床に臥せっていた時、都から呼んだ法印にわしも診てもらったが、かの坊主は『この癪は、心の病から来るもの』とぬかしおった」

茶々丸は盃をあおると、「やはり癪には、これが一番」と言って、空になった盃を差し出した。

「病を抱えたままでは、御政道《ごせいどう》にも差し支えます」

仕方なく香月は酒を注いだ。

「それでは、ほかにいい施療の法でもあると申すか。修験《しゅげん》を呼んで、肚《はら》から悪霊を退散させるというのは嫌だぞ。わしはこの肚に棲《す》む悪霊のおかげで、公方になれたのだからな」

そう言うと茶々丸は上機嫌で笑ったが、香月は笑わず、なお何か言いたげだ。

「香月は、何かいい施療の法でも知っておるのか」

茶々丸が真顔で問うた。

「はい、効験あらたかかどうかは分かりませんが――」

「それは何だ」

「湯でございます」

奥修善寺の子之《ねの》神社の奥に湧く湯は、癪気に効験があると、香月は宿の年寄から聞いていた。

茶々丸は「湯で治せるなら、これほど楽なことはない」と喜び、「むろん、一緒に来てくれるな」と香月を誘った。

すでに病没した茶々丸の母は、山内上杉顕定《あきさだ》の伊豆代官・関戸《せきど》播磨守吉信《はりまのかみよしのぶ》の息女だった。父の政知は、関東下向前にお満《まん》の方という武者小路《むしゃのこうじ》家の女《むすめ》を正室に娶《めと》ってはいたが、山内家に近づくために、側室として伊豆代官の娘をもらった。

その唯一の子が茶々丸だった。

ところが、正室のお満の方に男子ができたため、政知は茶々丸を幽閉した上、廃嫡する。そのまま何事も起こらなければ、茶々丸が堀越公方になれる可能性はなかったが、政知は延徳三年（一四九一）四月に急死してしまう。

この機を捉え、茶々丸は南伊豆に逃れた。

その後、山内上杉顕定の支援を得た茶々丸は、関戸吉信をはじめ狩野《かのう》・伊東・宇佐美らの国衆を引き連れ、堀越御所に討ち入った。事前に堀越公方重臣の秋山蔵人《くろうど》や外山豊前《とやまぶぜん》と語らっていたため、戦わずして茶々丸は御所占拠に成功する。

一方、公方府の家老衆の朝日・布施・富永ら元幕府奉公人らが、兵を率いて駆けつけた時には、すでに御所は茶々丸の手に落ちていた。彼らは戦わずして駿河方面に落ちていった。

御所にいたお満の方と息子の潤丸《じゅんまる》は捕らえられ、茶々丸自らの手で斬られた。

こうして茶々丸は、実力で堀越公方の座を奪い取った。

茶々丸一行が奥修善寺に向けて御所を出たところで、事件は起こった。

物陰に隠れていた武士二人が突然、一行の行く手を遮ったのだ。

何事かを嘆願する二人の声を聞いた茶々丸が、輿《こし》から姿を現した。

香月も輿から降りた。

二人の武士は秋山蔵人と外山豊前だった。

「われら、申し上げたき儀あり！」

二人は顔を紅潮させて茶々丸に詰め寄った。それを見た田中内膳と近習《きんじゅ》が二人を押し止めようとし、輿の前でもみ合いになった。

茶々丸は「蔵人、豊前、道を開けろ！」と叫ぶや、羽織を脱いで小姓の手から太刀を奪った。

しかし、二人はひるまなかった。

「いいえ、どきませぬ。隣国駿河で争乱があって間もないにもかかわらず、傾城を連れて湯治とは、正気の沙汰ではありませぬ！」

争乱とは、今川家の家督を簒奪《さんだつ》しようとした小鹿範満《おしかのりみつ》を、伊勢宗瑞が討った事件のことだ。

「公方様は母上と弟君《ぎみ》を斬られた。それゆえ伊豆の民は、公方様がどのような御方か、じっと様子をうかがっております」

内膳らを押しのけた二人は茶々丸ににじり寄った。

その時、茶々丸の瞳に憎悪の焔《ほむら》が灯《とも》った。

「分かった」

茶々丸は呆気ないほど素直に二人の言を入れると、輿に戻るかのように二人に背を向けた。そして、一歩二歩と間合いを計るようにゆっくりと歩んだ。

「お分かりいただけたか！」

二人が顔を見合わせて喜んだその時、体《たい》をひねって茶々丸が跳んだ。

次の瞬間、血飛沫《しぶき》が上がり、二人は前後に倒れた。

瞬く間に血溜《ちだま》りが広がってゆく。

一瞬の沈黙の後、周囲は騒然となった。

「騒ぐな！」

茶々丸が刀を差し伸べると、田中内膳が片膝をつき、滴《したた》る血を白布で拭《ぬぐ》った。

「内膳、蔵人に代わり、そなたを馬廻衆《うままわりしゅう》筆頭に任ずる。これから御所に取って返し、蔵人と豊前の一族郎党を根切《ねき》り（皆殺し）にせよ」

内膳の顔に躊躇《ためら》いの色が差した。内膳とて地縁や血縁で結ばれた伊豆の地侍なのだ。傍輩《ほうばい》の係累を容易に殺せるものではない。

「根切りでございますか」

内膳が珍しく聞き返した。

「ああ、根切りにせいと申した」

「しかし――」

「わしの命が聞けぬのか」

「いえ」

「わしはこのまま湯治に行く。後のことは任せた」

「公方様、そんなことでは、家中は混乱します。いったん御所に戻られた方が――」

「わしは、このまま湯治に行く」

内膳の諫言《かんげん》を遮った茶々丸は、身を屈《かが》めて死体の傷口を調べた。そして満足そうにうなずくと、血しぶきがついた頬を拭おうともせず輿に向かった。その時、後方で一部始終を見ていた香月に向かい、茶々丸が笑みを浮かべた。その笑顔は凄絶《せいぜつ》なまでに美しかった。

何事もなかったかのように、一行は奥修善寺に向かった。

三

奥修善寺は地元の杣人《そまびと》たちの隠し湯として、知る人ぞ知る名湯だ。むろん湯治場とは名ばかりで、岩を掘削《くっさく》して湯溜りにしているだけの簡素なものだ。

茶々丸は警固の者を山麓《さんろく》にとどめ置き、香月と二人で山を登った。警固抜きでは、恨みを抱いた者に狙われる危険もあるが、山麓の登り口を封鎖しているので、よほどのことがない限り曲者《くせもの》の侵入は防げる。よしんば敵が来ても、茶々丸の剣が物を言う。

奥修善寺の湯に浸《つ》かりながら、過ぎゆく伊豆の秋を茶々丸は満喫した。

日が朱に染まる頃になると、香月は、さすがに長湯が辛《つら》いらしく、先に宿に帰って化粧直しをするという。茶々丸も共に帰ろうとしたが、香月に「茶々様は湯治に来られたのでございましょう」と揶揄《やゆ》されたので、一人残ることにした。

「それでは、しばし一人で湯に浸かる」

すねたように言うと、茶々丸は香月に背を向けた。

香月は忍び笑いを漏らすと、湯を後にした。

大きな湯壺の中で、茶々丸は一人の湯を楽しんだ。石底の間からこんこんと湧き出る湯が肌に心地よい。

この日の朝、二人の家臣を犬のように殺したことなど、心の片隅にもなかった。

その時、死角となっている岩陰から謡《うたい》が聞こえてきた。

優女《やしょうめ》　優女

京の町の優女
売ったるものを見しょうめ
金襴緞子《きんらんどんす》　綾や緋縮緬《ひぢりめん》
どんどん縮緬　どん縮緬

ゆっくり身を起こした茶々丸は、湯壺から出て刀に手を伸ばした。

それに気づいてか、岩陰の歌がやんだ。

「どなたか先客がおありか」

岩陰からくぐもった声が聞こえた。

「何奴《なにやつ》だ」

「これはこれは、お武家様でしたか」

影はとぼけたように近寄ってきた。

「それ以上、近づくな」

茶々丸の声に影が止まった。

「これは物騒な――」

影は湯壺の中を慌てて後退した。

「身分を明かせば、害したりはせぬ」

「拙僧は修善寺に来たばかりの学僧ゆえ、無礼は平《ひら》にご容赦を」

「山麓には、わが手の者がおり、こちらには来られぬはずだ。いかにしてここまで参った」

「はい、寺で杣道《そまみち》を聞いてきましたゆえ――」

「そうか」

茶々丸はとたんに関心を失い、警戒を解いて再び湯に浸かった。

相手は丸腰の上、痩せぎすの僧なのだ。明らかに体格は茶々丸が勝《まさ》っており、いざとなれば、いかようにも組み伏せられる。

「ときに、お武家様はどこから参られた」

「堀越からだ」

退屈しのぎに、茶々丸は話し相手になってやることにした。

「堀越といえば御所のある地。そこにおられる公方様は、義母様《ははさま》と弟君を殺して公方の地位に就いたそうな。お武家様はその御家中か」

「まあ、そんなところだ」

「今朝も二人の御家来を一刀の下《もと》に斬り捨てたそうな。お武家様も、たいへんな主をお持ちのようですな」

「ああ、苦労している」

茶々丸は可笑《おか》しくなってきた。

「拙僧はこちらに来て間もないので、伊豆の地味《ちみ》や世情に疎く、様々なことで難渋しておるところですが、お武家様はこちらのお生まれか」

「うむ」

「それでは、お尋ねするが――」

僧があれこれと伊豆のことを聞いてきたので、問われるままに茶々丸は答えた。

僧は大げさに驚いたり、感心したりしながら、うまく相槌《あいづち》を打つので、茶々丸は問われないことまで親切に教えてやった。

「ところで、御坊《ごぼう》の故郷《くに》はどこか」

「京の都です。大徳寺におりましたが、できが悪うて伊豆に送られました」

「ははあ、まさに都落ちだな」

「いかにも」

二人は天にも届けとばかりに笑った。

「明日も来るか」

「夕方には参りましょう」

僧と意気投合した茶々丸は、翌日の再会を約して別れた。

翌日も、そのまた翌日も、僧は現れた。

その度に、せかすように香月を宿に帰した茶々丸は、僧との話に興じた。

幼少時代から、茶々丸は人と馴れ合えぬ質《たち》で、話し相手もろくにいなかった。そのため、聞き上手の僧を相手に堰《せき》を切ったように話した。

まさか、眼前の武士が堀越公方・足利茶々丸その人とは思いもよらぬ僧は、何の恐れも抱かず、聞き役に回ってくれる。その相槌がまたうまく、茶々丸は御所の秘事も含めて、あれこれと語らされた。

「公方様の御所は、寝殿《しんでん》を中央に東西に対屋《たいのや》と呼ばれる半独立の御殿が築かれており、それらは渡殿《わたどの》で寝殿と結ばれている。南側には築山《ちくざん》と苑池《えんち》が配され、汀《みぎわ》には南伊豆から運ばれた純白の砂洲《さす》が敷かれておる。そこには無数の貝の小片がきらめき、この世のものとは思えぬ美しさだ。その汀の砂を啄《ついば》むのは、遠く大越《だいえつ》（ベトナム）から運ばれた孔雀《くじゃく》の番《つがい》だ。まさにこの世の極楽浄土とは堀越御所のことだろう」

「ほほう、それほど見事とは――。やはり公方様ですな。それだけの威権があれば、敵に対する備えなどまったく不要」

「いや、敵への備えをおろそかにはできぬ。変事があれば、われらは御所の裏手の守山城に籠もる。そこには、武具や兵糧が十分に備蓄してある。街道を挟んだ向かいの韮山城と連携すれば、敵を挟撃《きょうげき》することも容易だ」

「大したものですな」

「当たり前だ」

茶々丸は得意満面だった。


秋も深まり、茶々丸の滞在も終わろうとしていた。

その滞在の最後の日、茶々丸は、僧の名を問うてみた。

僧は目を細めて空を見上げた。

その視線の先には紅色の衣をまとった木々を隔て、夕日に染まった青空が広がっていた。その空に一つだけ薄い雲が浮かんでいる。雲は西風に押され、足早に東方に向かっていた。

「わが名は――」

僧は一呼吸置くと思いついたように言った。

「早雲と」

「でまかせだな」

「はい」

僧が何ら悪びれず答えたので、茶々丸も苦笑した。

「いずれにしても、よき名だ」

「拙僧も、あの雲のように自在に空を飛びたいものです」

「おぬしは疾《はや》き雲のごとく生きたいのか」

「いや、のんびりした性分ゆえ、名前だけでもと」

「正直でよい」

その時、一陣の風が吹き、茜《あかね》色に染まった楓《かえで》の葉を湯壺の中に降らせた。

――秋も終わりか。

その中の一葉を手に取った茶々丸は、勢いよく湯壺を出た。

結局、僧は茶々丸の名を問わなかった。それが湯で出会った者どうしの粋《いき》かも知れないと思い直した茶々丸も、それ以上、僧の身上について追及しなかった。

茶々丸は「そのうち修善寺に行くこともある。縁があらば会おう」と告げ、僧に背を向けた。

やがて、僧の朗々《ろうろう》たる謡が湯煙の中から聞こえてきた。

茶々丸は立ち止まり、しばし、その送別の謡に聴き入った。

堀越御所に戻った茶々丸は再び政務を執った。

どこぞの村が年貢の赦免《しやめん》を要求したとか、どこぞの寺の竹林《ちくりん》が入会地化《いりあいちか》しているとか、どうでもよいようなことに沙汰を下す毎日は、茶々丸にとって退屈この上ない。

それゆえ夕方になると、待っていたかのように修善寺宿に向かった。

幸いにも、その後、癪の虫は起こらなくなり、奥修善寺の湯に出向く機会もなかった。次第に茶々丸は僧のことを忘れていった。

そんな茶々丸の日常を激変させることが起こったのは、明応《めいおう》二年（一四九三）二月のことだ。

細川政元《まさもと》による「明応二年の政変」が京都で勃発したのだ。

この政変により、将軍義材《よしき》は将軍職を追われ、新将軍には、政元が擁立した義澄《よしずみ》が就いた。義澄とは、かつて茶々丸が殺したお満の方の長男のことだ。

将軍に就任した義澄がまず行ったことは、今川氏親《うじちか》と伊勢《いせ》新九郎《しんくろう》に対し、茶々丸討伐の御教書《みぎようしよ》を下したことだった。自らの実母と同腹弟《どうふくてい》を殺した茶々丸を、新将軍が許すはずがなかった。

「それは真《まこと》か！」

茶々丸は安泰だった自らの地位が、一夜にして崩れたことを覚《さと》った。

――だが駿河勢が寄せてきたところで、韮山・守山両城の線を破ることは容易でない。一月《ひとつき》ほどは持ちこたえられる。その間に山内勢が来援する。

山内上杉家ある限り、茶々丸の地位は揺るぎないはずだった。

──騒ぐほどのこともない。

落ち着きを取り戻した茶々丸は、山内上杉顕定に飛札《ひさつ》を送った。

一方、自軍二百に今川家の加勢三百を加え、総勢五百の兵を率いた伊勢新九郎は、夜陰にまぎれて黄瀬川《きせがわ》河畔に到達した。

新九郎は自ら馬を乗り入れ、川の深浅《しんせん》を推し測った。

「ここだ」

新九郎の指示した渡河地点は、浅瀬が広がり、多くの兵が同時に渡れる場所だった。

それは政知時代、秘密裡《り》に造られた渡河地点で、駿河勢が知るはずのないものだった。なぜ京下りの新九郎がそれを知るのか、今川の将兵は不思議がった。

渡河に成功した駿河勢は下田街道をひた走り、韮山城に到達すると、搦手《からめて》の岩戸洞《いわとがほら》方面から尾根沿いに進み、城方に気づかれずに背後の尾根上に達した。

異変に気づいた守将の田中内膳が飛び起きた時には、新九郎率いる駿河勢が、逆落《さか》としに攻め掛かってきている最中だった。

かくして茶々丸に最も忠実な田中内膳と、その率いる馬廻衆は、ろくに戦わぬまま潰《つい》え去った。

「駿河勢来襲!」

その知らせを聞き、すぐに手勢を呼び集めようとした茶々丸だったが、馬廻衆以外は、それぞれの在所に散っており、すぐに参集できない。

韮山城を瞬く間に屠《ほふ》った駿河勢は、休む間もなく守山城に襲い掛かってきた。

茶々丸が右往左往しているうちに、守山城から火の手が上がった。

――どうなっておるのだ！

茶々丸は泣き叫びたかった。しかしその暇《いとま》もなく、敵は眼下の堀越御所に討ち入ってきた。

「駿河勢は御所を取り囲むと、鬨《とき》を上げて攻め入り、火をかけて回った」と、『北条五代記』に記されている。茶々丸は「防ぎ戦うべきことを忘れ、火災を逃れ、落ち行ける」という有様だったという。

御所を脱出した茶々丸は、北条時政建立《ときまさこんりゅう》の名刹《めいさつ》・願成就院《がんじょうじゅいん》に逃げ込んだ。

政知の代から手厚い庇護《ひご》を受けてきた願成就院は、その恩に報いるために茶々丸を匿《かくま》った。

門前まで押し寄せた新九郎と駿河勢は茶々丸の引き渡しを要求したが、住持《じゅうじ》が頑として応じぬため、いったん兵を後退させた。しかし、願成就院から蟻《あり》一匹逃がれられぬよう、遠巻きに包囲した。

# 四

願成就院にある下級僧侶たちの長屋の一室で、茶々丸は息をひそめていた。

配下の一人に書状を持たせ、狩野一族の勢力圏まで走らせたが、その途次《とじ》に捕まったと寺男が教えてくれた。しかも悪いことに、その男は茶々丸の影武者をしていた者だった。

関戸勢や狩野勢の気勢を削《そ》ごうという意図からか、伊勢新九郎はその影武者の首を晒《さら》し、茶々丸を討ち取ったと内外に喧伝した。それでも新九郎が包囲網を緩める気配はなく、茶々丸が寺内《じない》にいることを見破っているかのようだった。

このままでは、与党は救援をあきらめ、いずれは願成就院も新九郎の圧力に屈し、寺内の捜索を認めるはずだと、茶々丸は思った。

――わしが健在なことを、外に知らせる手立てはないものか。

茶々丸は頭を悩ませていた。

そんな折、所用で本堂まで出向いた小姓《こしょう》の話に茶々丸は飛び上がった。

「それは真か！」

やつれた顔が嘘《うそ》のように生き生きと輝いた。

「尼僧となってはおりましたが、あれは確かに菱屋の香月」

「すぐ連れて参れ」

今や遅しと待つ茶々丸の許《もと》に、尼僧姿の香月が連れてこられた。

「香月！」

「茶々様、生きておいでで──」

その後は言葉にならなかった。

茶々丸と香月は抱擁し、共に泣いた。

「そうか、わしが死んだと聞いて髪を下ろしたのだな」

「はい、菱屋の旦那が晒首《さらしくび》を見に行き、茶々様に相違なしと申すものですから。その言葉を信じ、茶々様の菩提《ぼだい》を弔うべく、髪を下ろしました」

「それで今日、ここの住持に挨拶《あいさつ》に参ったというわけか」

「はい、私の入る尼寺は、願成就院の隣の真珠院ですから」

「もう尼僧になどならんでいい。これからは、ずっと一緒だ」

「茶々様、うれしい」

ひとしきり再会を喜び合った後、二人はすぐに現実に戻った。

「──という次第だ」

ことの経緯《いきさつ》と自らが置かれている苦境を、茶々丸は香月に語った。

聡明な香月は即座にすべてを理解した。

「私にできることであらば、何なりと――」

「そなたの身が危うくなるやも知れぬが、ほかに手はない」

茶々丸は香月を使いとして与党の狩野道一《かのうどういつ》の許に走らせ、救出策をめぐらせようとした。むろん香月はそれを快く引き受けてくれた。


数日後、香月が別の尼を伴い、願成就院にやってきた。

首を長くして待っていた茶々丸は、関戸と狩野の手の者が、すでに修善寺宿に潜伏していると聞き、飛び上がるほど喜んだ。

関戸らの策は、茶々丸に尼僧の装束を着させて香月と共に修善寺宿の菱屋まで密行させ、そこから狩野氏の勢力圏の中伊豆まで逃がそうというものだった。香月の連れてきた尼は、ほとぼりが冷めるまで願成就院に隠れることになった。

「いかにも、それは妙案だな」

藁《わら》をも摑む思いの茶々丸は、この策にすがらざるを得なかった。

早速、茶々丸は尼装束に着替えた。腰の物がないのは寂しかったが、それを気にする暇はない。

香月に導かれるように寺を出た茶々丸は、敵方に見破られることなく、いくつかの関を通過すると、夕闇迫る頃、修善寺宿に入った。

宿内の雑踏を抜け、やっとの思いで菱屋に着いた二人は、二階に通された。

かつて香月との情事に明け暮れた部屋に入り、茶々丸はようやく人心地ついた。

「香月――」

安堵《あんど》した茶々丸は押し寄せる情念をいかんともし難く、香月の手を握った。

「いけませぬ」

しかし香月は、常にない態度でそれを拒否した。

「もう尼になることもない。いいではないか」

「それでもいけませぬ」

そうしたやりとりをしていると、部屋の外で咳払《せきばら》いが聞こえた。

「あっ、参られたようです」

香月が茶々丸の手を振り解《ほど》いて障子を開けると、僧形の男が一人、平伏していた。

しぶしぶ威厳を取り繕《つくろ》った茶々丸が無愛想に言った。

「苦しゅうない。面《おもて》を上げよ」

そうは言ったものの、茶々丸は己の姿を恥じ、男に背を向けていた。

「迎えはそなた一人か」

燭台《しょくだい》のぼんやりとした灯に視線を向けつつ、茶々丸が問うた。

「はっ」

「これからどこに落ちる」

僧形の男は沈黙を守っている。

「どこに落ちるか問うておる！」

「どこにも落ちませぬ」

茶々丸は驚き、振り返った。

「あっ」

そこにいたのは、かつて奥修善寺の湯で早雲と名乗った僧だった。

「そなたは、いつぞやの――」

「はい、早雲と名乗った僧でございます」

「そなたが狩野の使いか」

茶々丸の顔に喜びの色が広がった。

「狩野の使いにあらず」

「それでは関戸の使いか」

「否」

早雲と名乗った男は険しい顔つきで頭《かぶり》を横に振った。

「それでは、そなたは何用で参った」

「茶々丸様のお命を頂戴《ちょうだい》しに参りました」

「戯言《ざれごと》を申すな」

　茶々丸は馬鹿馬鹿しくなったが、早雲は真顔のままだ。

「それがしの名は伊勢新九郎盛時。いつぞやは実名を名乗らず、ご無礼仕《つかまつ》りました」

「何だと！」

　飛び上がらんばかりに驚いた茶々丸は慌《あわ》てて腰の物を探したが、尼僧姿なので寸鉄《すんてつ》も帯びていない。

　――しまった！

　得意の剣が使えないことに、茶々丸は無念の臍《ほぞ》を嚙《か》んだ。

「此度《こたび》は茶々丸様にお詫《わ》びを申し上げたく、香月を遣わした次第」

「ということは――」

　部屋の隅に端座《たんざ》した香月は、無言で畳の一点を見つめていた。

「茶々丸様、奥修善寺の湯では様々な話を語らせてしまい、ご無礼仕りました。こうして膝を突き合せ、その無礼を詫びるべく、策を弄《ろう》した次第」

　われに返った茶々丸は、ようやく自らの落ちた穴の深さに気づいた。

「伊勢新九郎、謀《たばか》ったな！」

「いかにも謀りました」

「おのれ！」

茶々丸は部屋を飛び出そうとしたが、それより早く、新九郎の配下らしき者が次々と現れ、茶々丸の行く手を遮るように拝跪《はいき》した。

観念した茶々丸は致し方なく座に戻った。

「早雲、いや新九郎とやら、これでそなたの見事な手際の謎が解けたわ」

「茶々丸様のお話を聞かずして、これだけ素早く御所を手中に収めることはできませんでした」

茶々丸は、すべてをあきらめたかのような笑みを浮かべると、何かを思い出したかのように香月に顔を向けた。

「香月、そなたはこの者の手先ではあるまい。おそらく脅されたのだろう。そなたは、わしに何の恨《うら》みもないはずだ」

その言葉には、香月だけは信じたいという気持ちが溢れていた。しかし香月は、視線を落としたまま何も答えない。

その様子を見かねた新九郎が代わりに答えた。

「茶々丸様、この者は京の武者小路家において、潤丸様の乳母《うば》を務めておりました」

「何――」

それを聞いた茶々丸は、自らを支えてきた何かが崩れ行く音を胸内に聞いた。

新九郎は続けた。

「この者は潤丸様をわが子同然に可愛がっていたそうです。潤丸様は一歳になり、円満院様と共に伊豆に帰られました。ところがそれからほどなくして、この者の夫と一粒種は流感にやられ、たちまちこの世を去ってしまった。それゆえ、この者は円満院様に、お側《そば》に置いてほしいという望みを伝えました。円満院様もこの者を哀れみ、二つ返事で承知されました。この者は武者小路家より暇《いとま》をもらい、喜び勇んで京から伊豆に向かいました。しかしその途次、お二人の遭難を聞いたのです。すべてを失ったこの者は、悲嘆の余り駿河湾に入水《じゅすい》しました。たまたま通りかかった漁師がこの者を見つけなければ、そのまま死んでいたことでしょう。それがしに預けられてからも、この者は幾度か死のうといたしました。それゆえ生きる望みを与えるために、修善寺宿に入ってもらったという次第です」

「その望みとは、傾城に化けて、わしを陥れるということだな」

茶々丸は香月に射るような視線を向けた。

「茶々丸様、お腹を召していただきまする」

新九郎が威儀を正して平伏すると、その背後に控える配下の者たちもそれに倣った。

「分かった。万事休したな。事ここに至らば、わしとて覚悟はできている。しかし、この恰好《かっこう》で腹を切ることはできぬ。死装束を用意いたせ」

すでにこの時、足利家の血を引く者として、茶々丸は堂々たる最期を遂《と》げるつもりでいた。

「いえ――」

しかし意外にも、新九郎は言葉に詰まった。

「腹を切ると申しておるのに、何か不都合でもあるのか！」

茶々丸の顔色が変わった。

「茶々様――」

その時、初めて香月が口を開いた。

「新九郎様は、わたしに一つだけ望みを叶えてやると仰せになりました。黄金《こがね》を十枚くれるとも申されました。それだけあれば、御母堂様《ごぼどうさま》と潤丸様の手厚い供養もできます。しかし、わたしは別の願いを申し上げました」

「まさか、わしに――」

茶々丸の唇が震えた。

「わしに恥をかかせようというのではあるまいな」

新九郎が慇懃《いんぎん》に頭を下げると言った。

「申し訳ありませぬが、尼僧姿のまま、お腹を召していただきます」

「はは、ははは――」

あまりの屈辱に茶々丸は笑い出した。

「足利将軍家の血を引くこのわしに、そこまでの恥辱を味わわせようとするのか。よくぞ申した！」

茶々丸が香月に襲い掛かろうとしたが、それより一瞬早く新九郎の手が伸び、茶々丸の腕をねじ上げた。

新九郎の膂力《りょりょく》は尋常ではない。その筋張った前腕が古木《こぼく》の根のように茶々丸に搦《から》み、放そうとしない。茶々丸はもがいたが、身動き一つできなかった。

「伊勢新九郎、まさか、この者の望みを叶えるなどとは申すまいな！」

背後から羽交《はがい》締めする新九郎に、茶々丸が喚《おめ》いた。

「お気の毒ですが、いかに相手が女子《おなご》とはいえ、約束は約束」

「待て、わしは、わしは公方ぞ！」

「茶々丸様は公方ではありませぬ」

「何を申すか！」

「そなたは血で汚れた無頼の徒にすぎぬ！」

そう言うや、新九郎は茶々丸を放り投げた。

壁まで飛ばされた茶々丸は、剝《は》がれた壁土と共にその場に崩れ落ちた。

「香月、嘘と、嘘と言ってくれ！」

茶々丸の嗚咽《おえつ》が狭い部屋に満ちた。

それに耳を塞《ふさ》ぐかのように、新九郎は大声で切腹の支度《したく》を命じた。

## 五

「もうここまでで結構でございます」

「そうか――」

富士川の渡しを前にして、新九郎と香月は馬を下りた。

夕日差す河川敷には一面にすすきが広がり、肌寒い風が吹いていた。その風に乗り、すすきの穂から離れた種子が、そこかしこに舞っている。その間を縫うように、痩せ衰えた蜻蛉《とんぼ》が行き交っていた。

「もう、冬なのですね」

「四季の移ろいは早いものだ」

「すすきとて、次の春の支度を始めておるのですね」

「うむ、過去など振り返ってはおられぬからな」

期せずして二人は、意外な出会いをした一年前に思いを馳《は》せた。

「果たして、あの時、私は死なずによかったのでしょうか」

「そうよな――」

　新九郎は、そのことに確信が持てなくなっていた。

「これで御母堂様と潤丸様も成仏できるはず。それだけが救いです」

「将軍家からも早速、感状が届いた」

「これでよかったのですね」

「うむ、わしはそう思っている」

　そうは言ったものの、新九郎の表情は冴えなかった。

「短い間でございましたが、お世話になりました」

「こちらこそ礼の申しようもない」

　香月は会釈すると、唐糸草《からいとそう》が風に揺れる堰堤《えんてい》の小道を下りていった。

「信州は遠いぞ。道中、気をつけよ」

「はい」

　この時、新九郎は、問おうか問うまいか迷っていたことを問う決心がついた。

「最後に一つだけ教えてくれ」

　その言葉に香月が立ち止まる。

「そなたはもしや、茶々丸を憎むのと同じくらい好いていたのではないか」

「――」

「その矛盾を茶々丸に気づかれたくなかったがゆえに、茶々丸を辱めた――」

香月がゆっくりと新九郎の方を振り返った。夕照《せきしょう》に染まったその頰に幾分、朱が差したように見えた。しかし、香月は笑って会釈すると、何も答えず渡し場へと下りていった。

見送る新九郎の耳に香月の童子唄が聞こえてきた。

隣の嫁どんの　足駄《あしだ》を借りて　ふんづぶして　みたらば
赤い絹が十二尋《ひろ》　白い絹が十二尋　十二尋の絹を　小袖にこしらえて
わが子に着せれば　人の子がうらむ　人の子に着せれば　わが子がうらむ
向うとおる　おちょぼに着せて　上のすわにざらり　下のすわにざらり
ざらりのすごに　粟《あわ》一升まいて　爺《じ》っさと婆《ば》っさに　餅粟《もちあわ》　餅粟

新九郎はその歌声に耳を傾けつつ、死や屈辱よりも辛いものがこの世にはあり、それを茶々丸が味わったことを知った。

# 箱根山の守護神

# 一

相模国大磯高麗寺《さがみのくにおおいそこうらいじ》に住む盲目の仏師《ぶっし》玄舜《げんしゅん》が、寄栖庵明昇《きせいあんみょうしょう》こと大森氏頼《うじより》の招きに応じて岩原《いわはら》城に赴いたのは、明応《めいおう》元年（一四九二）九月のことだった。

招聘《しょうへい》の理由は一切述べられなかったが、大森寄栖庵といえば西相模の支配者であり、従わないわけにはいかない。しかも使者は、高麗寺に多額の寄進を置いていった。

これに驚いた住持《じゅうじ》は、玄舜を追い立てるように氏頼の待つ岩原城に向かわせた。

酒匂宿《さかわしゅく》に着くと、氏頼の手配した馬が待っていた。玄舜と弟子二人は、馬の背に揺られながら太刀洗川《たちあらいがわ》沿いの道を上流に向かった。

わずかな光だけ感じられる玄舜の瞳に、時折、何物かの影が飛び交う。それが何であるか、玄舜は知りたかった。

「蜻蛉《とんぼ》がまだ飛んでいるのかい」

玄舜が馬丁《ばてい》に問うと、馬丁は無言でうなずいたらしい。声は聞こえずとも、わずかに馬の首が傾いたのを玄舜は感じた。

馬丁の微妙な動きに、馬が「何事か」と応じたためであろう。

「そうか、蜻蛉かい」

馬丁は無言のままだ。

余計な口を利《き》かない馬丁に、玄舜は好感を抱いた。

馬を引くうちに無心の境地に至り、客が盲目であることさえ忘れてしまった馬丁。秋から冬への季節の変化も、飛び交う蜻蛉にも関心なく、無心の境地に己《おのれ》を置き、ひたすら馬を引く。

——目は見えていても、余計なものを一切見ていないこの境地こそ、仏師が追い求めてやまぬものだ。

穏やかな秋の陽光の下、玄舜は上機嫌で馬の背に揺られていた。

大森家の実権を次男藤頼《ふじより》に譲り、隠居となった氏頼が、終《つい》の住処《すみか》に定めたのが岩原城だ。足柄平野の西部に張り出す台地上に築かれたこの城からは、西相模の平野が一望の下《もと》に見渡せる。

岩原城に着いた玄舜は、奥御所と呼ばれる氏頼の居室に案内された。

事前に聞いてはいたが、氏頼は病臥《びょうが》していた。

「そなたが玄舜か」

「はっ」

「大儀《たいぎ》」

氏頼の声音《こわね》を聞くや、玄舜はすぐに彼の病状を察した。

――このお方は、それほど長くは生きられぬ。

目明《めあ》きは病状を顔色で読むが、盲《めしい》は声音で読む。

師の一人だった盲目の老僧から、玄舜はそれを学んだ。しかしそんなことをおくびにも出さず、玄舜は招聘されたことと、高麗寺への多額の寄進への礼を述べた。

玄舜の口上が終わるのを待っていたかのように、氏頼は本題に入った。

「仏師としてのそなたの名は小田原にも鳴り響いておる。此度《こたび》はその腕を見込んで、頼みがある」

「頼み、と申されますと」

「わしは余命いくばくもない。もはや生に執着はないが、少しばかり心残りがある」

意外にしっかりした声音で、氏頼が語り始めた。

病を得て寿命を知ることになった氏頼は、自らの死後、跡を継いだ嫡孫定頼《ちゃくそんさだより》とその後見の藤頼が、領国を大過なく治めていけるか、はなはだ不安だという。

実は、氏頼と共に大森家の躍進を支えた嫡男の実頼《さねより》は、すでに鬼籍に入っており、二人の器量が実頼よりも格段に劣ることを、氏頼は危惧《きぐ》していた。

東の三浦一族とは、幾重《いくえ》にも婚姻が重ねられており心配ないが、西の新興勢力の伊勢宗瑞は、同盟を結んでいるとはいえ油断がならない。

そこで箱根に祈願寺《きがんでら》を建て、西方に睨《にら》みを利かせてほしいというのが氏頼の依頼だった。しかもその堂内には、めくるめくような神仏混交《しんぶつこんこう》の世界を造ってほしいというのだ。

「それを——」

あまりのことに、玄舜は言葉に詰まった。

「それがしにお任せいただけると仰せか」

「そうだ」

世に仏師は多く、玄舜より名高い者は星の数ほどいる。鎌倉に行けば、運慶《うんけい》を祖とする慶派《けいは》の仏師たちが仕事を独占している。しかし神仏混交像を彫る仏師の系統は少なく、相模国では高麗寺と高麗権現《こうらいごんげん》（高来神社）を本拠とする玄舜の流儀しかない。

氏頼が上体を起こしたらしく、微《かす》かな衣擦れの音がした。

「恐れながら――」

玄舜が顔を上げる。

氏頼の傍らには、燭台《しょくだい》があるらしく、一穂《いっすい》の炎がぼんやりと揺れている。玄舜の目では表情まで読み取ることはできないが、氏頼の姿勢の美しさは感じ取れた。

その威に打たれた玄舜は、いま一度、平伏した。

氏頼の禅宗への帰依《きえ》は本格的だった。寄栖庵主日昇明昇禅師という禅師号まで持っている戦国武将は、ほかにいない。

「遠慮は要らぬ。何なりと問え」

慈愛《じあい》に満ちた声音で、氏頼は玄舜を促した。

「寄栖庵様、領国鎮護《ちんご》であらば、四天王像か明王像が妥当だと思います。いかな理由《わけ》で、神仏混交像をお望みなのでしょうか」

「それはな――」

氏頼によると、大森氏は神仏を尊ぶこと一方《ひとかた》でない一族だという。十五世紀初頭から、箱根権現別当職《べっとうしき》を一族から輩出し続けた大森氏は、遂には権現勢力を取り込み、それを背景にして、駿河《するが》国駿東《すんとう》郡から西相模への進出を果たした。

その後も、大雄山最乗寺《だいゆうざんさいじょうじ》、塚原清泉寺《つかはらせいせんじ》をはじめ、小田原三寺（久野《くの》総世寺《そうせいじ》・早川海蔵寺《はやかわかいぞうじ》・板橋香林寺《いたばしこうりんじ》）、矢崎紫雲寺《やざきしうんじ》などの寺院を建立、または中興《ちゅうこう》し、勢力を伸張させた。

すなわち大森一族は、古義《こぎ》真言宗（箱根権現）、曹洞宗（最乗寺）、臨済宗（浄居寺《じょうきょじ》）、日蓮宗（酒匂《さかわ》地域の寺院群）など、宗派を超えて仏教全体の保護に努めてきた特異な国衆一族だった。

それをさらに一歩進め、日本古来の神々までをも包含《ほうがん》した総合宗教施設を建立しようというのが、氏頼末期《まつご》の願いだった。

「わしの夢は、衆生《しゅじょう》があらゆる神々を崇拝できる国を築くことにあった。わしはそれを実現するために隠居し、その完成に心血を注いできた。しかし、わしの命にも限りがある」

氏頼が一息ついた。椀の水を飲んだらしい。「ごくり」という咽《のど》を通る水の音が、玄舜の許《もと》まで聞こえてきた。

「神と仏が一体となり、民に慈愛の心を説く神仏混交の世界こそ、わしの理想の完成形なのだ」

玄舜の胸内《むなうち》に、得体の知れない熱の塊が渦を巻き始めた。

「高麗寺には、神仏混交の男神《おがみ》・女神《めがみ》・僧形神《そうぎょうしん》が、あまたあると聞く。その絢爛《けんらん》たる堂を箱根にも築け。男神・女神・僧形神十六体を東西南北に配し、箱根山の守護神とするのだ」

「はっ、承知仕りました」

玄舜は雷に打たれたように平伏した。

――わしの手になる神仏混交像が箱根の山を守るのか。仏師として、これほどの冥《みよう》利《り》はない。

「ただし――」

最後に氏頼は付け加えた。

「わしの唯一の懸念は、わが後嗣《こうし》の定頼とその後見の藤頼だ。彼奴《きやつ》らには道心《どうしん》（信仰心）が足らぬ。今までは目をつぶってきたが、どうやら本心から、あまり神仏を尊ばぬ。わしが死しても、おぬしの仕事の妨げにならぬよう、寄進だけは続けさせるつもりだが、先々のことまでは分からぬ」

「と申しますと」

「わが家からの寄進が途絶えても、何とか方策を見出し、仕事を全うしてほしいのだ」

「はっ」

虫がいい言葉とは思いつつも、浮き立つ気持ちには勝てず、玄舜は受諾の意をこめて平伏した。

応永二十三年（一四一六）、大森頼明は上杉禅秀《ぜんしゆう》の乱において、鎌倉から逃れてきた関東公方《かんとうくぼう》・足利持氏《もちうじ》の脱出を扶《たす》け、後の巻き返しにも貢献、禅秀に味方した旧鎌倉幕府御家人《ごけにん》勢力（中村氏系の土肥《どひ》・土屋・小早川氏等）の西相模の遺領《いりょう》を相続した。

これにより勢力を拡大した大森氏は、永享《えいきょう》十年（一四三八）、頼明の孫の憲頼《のりより》が有力国衆の河村氏を滅ぼし、西相模の支配権を確立する。その後も、浜居場《はまいば》城、岩原城、沼田城を構築、ないしは奪取して、着々と地歩《ちほ》を固めた。

永享の乱から結城《ゆうき》合戦にかけて、大森氏は一貫して関東公方を支持したため、強勢を誇る山内・扇谷《おうぎがやつ》両上杉勢力と敵対することになった。しかも享徳《きょうとく》の乱の最中《さなか》、関東公方・成氏《しげうじ》が古河《こが》に去り、周囲を敵に囲まれた大森氏は苦難の時を迎える。これを機に、大森氏内部で分裂が起こる。

従来の路線に従い、古河公方を支持する宗家《そうけ》の大森民部少輔《みんぶのしょうゆう》憲頼（安楽斎《あんらくさい》）・伊豆守《いずのかみ》成頼《しげより》父子に対して、上杉方に鞍替えしようという憲頼の弟・信濃守氏頼とその子実頼との対立が、この頃、顕在化したのだ。

この対立の最中の康正《こうしょう》二年（一四五六）頃、憲頼・成頼父子により、小田原城（華岳《かがくじょう》城）が取り立てられる。一方、上杉氏を介して、将軍家（義教《よしのり》・義政《よしまさ》）とも結びついた氏頼・実頼父子は、岩原城を拠点として勢力を伸ばし、宗家との対立を深めていった。

氏頼は三浦高明の娘（時高の姉）を室とし、自らの娘を時高養子の高救《たかひら》（扇谷上杉持朝《もちとも》次男）に嫁がせ、義同《よしあつ》（後の道寸《どうすん》）をもうけさせていた。東相模の雄《ゆう》・三浦氏と姻戚《いんせき》関係を結ぶことにより、その主君の扇谷家とも親密になった氏頼父子は、進んで上杉氏勢力の一翼を担うようになっていった。

そして、文明《ぶんめい》八年（一四七六）に始まった長尾景春《かげはる》の乱を契機として、氏頼・実頼父子は、太田道灌《どうかん》と共に長尾景春勢力の駆逐に奔走、景春に与《くみ》した成頼を箱根山に追い、大森氏嫡流を滅ぼした。

晴れて西相模の主となった氏頼は、本拠を小田原華岳《かがく》城に移し、城域を八幡山まで拡大した。これが後の小田原城の原型となる。

氏頼父子の活躍は続く。父子は、江古田原《えこだはら》・用土原《ようどはら》合戦、奥三保《おくさんぽう》攻め、境根原《さかいねはら》合戦、臼井城攻めといった道灌の主要な戦いのほとんどに参陣した。さらに文明十五年（一四八三）に嫡男実頼が病死した後も、氏頼は関東三戦（実蒔原・須賀谷原・高見原合戦）等で活躍、その武《ぶ》名《めい》は関東全土に鳴り響いた。

氏頼は自らの死期を覚《さと》ると、華岳城を嫡孫の定頼に譲り、岩原城に隠居した。

隠居後の氏頼は、政治・軍事の一切を定頼後見の次男藤頼に委《ゆだ》ね、自らは西相模の経済発展と文化・宗教活動に力を注いでいった。

# 二

勇躍して箱根山に登ったはいいが、玄舜の仕事は難航した。

氏頼に死が迫っていることは衆知《しゅうち》のことで、箱根山では、すでにその威令《いれい》の効果は薄れており、しかも箱根権現別当は宗家筋の実雄《じつゆう》（憲頼弟）だった。今は氏頼と融和している実雄だが、かつては敵味方に分かれていた。

実雄から権現神域内での塔頭《たっちゅう》の建立を拒否された玄舜は、芦ノ湖畔に小さな庵《いおり》を構え、ひとまず彫像作業に入った。むろん氏頼には箱根権現との調整を依頼したが、いつまで待っても返書は来なかった。しかし幸いにして、当面、生活《たつき》に困らないだけの寄進はもらっている。

玄舜は、己の仕事を全うすることだけを心がけようとした。

玄舜は孤児だった。

花水川《はなみずがわ》の河畔《かはん》に捨てられていたのを、高麗寺の住持が拾ってくれたと後に聞いた。だが厳密には、捨てられていた赤子《あかご》の玄舜を拾い、育てていたのは河原者《かわらもの》だった。そのあまりに酷《ひど》い生活を見かねた住持が、彼らから玄舜を買い取ったということだった。

しかし、実の親については何一つ伝わっていなかった。

当初、玄舜は死にかけていた。住持のおかげで一命は取り止めたが、生後数ヵ月の栄養失調から、玄舜の視力は弱まり、物心つく頃には何も見えなくなっていた。

これを哀れんだ住持は、泉州堺や伊勢大湊《おおみなと》の回船が来ると、唐渡りの眼薬や漢方を探し、高価でも買い求めてくれた。おかげで玄舜の視力は徐々に回復に向かった。しかし住持が亡くなるや、おのずと投薬も滞《とどこお》り、回復は止まった。

それでも玄舜は、わずかばかりの視力を得て、それを頼りに仏像を彫ることを覚えた。本当は仏の教えを知るため学僧になりたかったが、多くの書物を読めぬ身ゆえ、仏を彫ることで、仏の心に近づこうとした。

やがて青年になった玄舜は、高麗寺伝統の神仏混交像を彫るようになった。それが、自らを救ってくれた亡き住持への何よりの恩返しになると思ったからだ。


箱根山の冬は厳しい。

連日、寒風が吹きすさび、湖面に白波が立つ。あまりの強風に小屋の屋根が飛ばされたことさえあった。それゆえ、彫り続ける以外に生きる術《すべ》はなかった。ほかのことを考えれば、この生活から抜け出したくなるだけだからだ。

——あの馬丁の境地に達するのだ。

あかぎれした手を囲炉裏《いろり》の火にかざしながら、玄舜は黙々と彫り続けた。洟《はな》は髭《ひげ》まで垂れて凍りつき、足先の感覚はなくなっていった。それでも、見えない目を像にこすりつけるようにして、玄舜は彫り続けた。

時折、様子を見に来る漁師から小魚を買うくらいが、唯一の世間との接点だった。むろん箱根権現から一切の援助はない。玄舜の訴えが氏頼に届いているのかどうかさえ分からなかった。

こんな生活に嫌気が差したのか、最初の冬、玄舜の身の回りの世話をしていた弟子の一人が逐電した。山は雪に覆われ、湖に烈風が吹いている。とても山を下りられないと思った。

しかも周到に練られた計画ではなく、何の準備もせずに、弟子は衝動的に飛び出したらしい。

——到底、山を下りられまい。

自ら探しに出たい衝動を抑えつつ、玄舜はいま一人の弟子を箱根権現に走らせ、捜索を依頼した。さすがに権現側も動いてくれた。降雪が一段落するや、若い僧たちが積雪をかき分け、山を下っていった。

翌日、弟子の遺体が、いくらも行かない山中で見つかった。

玄舜は打ちひしがれ、己を責め苛《さいな》んだ。

——衆生を救うために、わしは像を彫っているつもりだった。しかし、人を救うどころか殺してしまった。これでは何のための仏師だか分からない。

しかし、いったん引き受けた仕事は、全うせねばならない。途中で投げ出しては高麗山全体の信用にもかかわる。氏頼の落胆は大きいだろうし、寿命を縮めることにもなりかねない。

弟子の不幸を振り払い、玄舜は一心不乱に彫り続けた。

春の訪れとともに、玄舜はいま一人の弟子に暇《いとま》を出そうとした。もうこれ以上、弟子を殺すのが嫌だったからだ。

その弟子は玄舜の勧めを固辞した。盲《めしい》の玄舜が一人で生活するには、箱根山の自然はあまりに過酷だからだ。

一計を案じた玄舜は、高麗山への使いとして弟子を下山させた。

——いったん下りてしまえば、戻ってくることはあるまい。

その見込みは的中し、弟子は戻らなかった。

玄舜は孤独となった。

一人となればおのずと生活は不便になる。しかし孤独なればこそ、より神仏を身近に感じ、仕事にも没頭できるようになった。

明応二年（一四九三）二月、雪解《ゆきど》けの水音が山々に満ちる頃、異変が起こった。突如として、十人余の男たちが山を登ってきたのだ。

驚く玄舜を尻目に、湖畔の一角に陣取った男たちは縄打ちをすると、樹木の伐採を始めた。彼らこそ、氏頼の意を受け、神仏混交像を収める堂を造るためにやってきた番匠や大鋸引《おがびき》だった。

三

箱根の山々が朱に染まり始める頃、最後の工程を受け持つ塗師《ぬし》が山を下り、いよいよ神仏堂が完成した。屋根は檜皮葺《ひわだぶき》で、正面五間、側面四間の入母屋《いりもや》造りの簡素なものだが、積雪も考慮した堅牢《けんろう》な造りだ。

玄舜は、めくるめくような感動を味わっていた。むろん彼の目に、その堂がはっきりと映じることはない。しかし彼の心には、その姿がありありと浮かんでいた。

堂の周りを歩き、その力強い檜柱に触れ、玄舜は意を新たにした。

玄舜の仕事は以前にも増して熱を帯びてきた。作業は予定を上回る早さで進み、初雪が降る頃には、五体の像が完成した。

また玄舜は、見えぬ目を紙片にこすり付けるようにして、氏頼にたびたび書状を書いた。進捗状況を伝えるためだ。当初は返事がなかったが、病は小康《しょうこう》を得たらしく、冬入り前の最後の便で返書が届いた。

そこには、「来春にはそちらに参る」と記されていた。

厚い雲に覆われた空に向かい、玄舜はその実現を祈った。

しかし、その願いは天に通じなかった。

明応三年（一四九四）八月、寄栖庵大森氏頼が入寂《にゅうじゃく》した。

戦国時代の到来を見据え、いち早く大森家の独立化を進め、宗教都市小田原を構想した一代の傑物も遂に力尽きた。

本堂ができたとはいえ、寺に必要な食堂《じきどう》、僧房（宿舎）などはこれからだ。さらに神を祀《まつ》る社殿も要る。しかし氏頼の死によって、これらの作事がどうなるかは見当もつかなかった。

明応三年の初雪を見ながら、玄舜は「藤頼らは、道心が足らぬ」という氏頼の言葉を思い出していた。

その不安は、まもなく的中した。

明応四年（一四九五）の春になっても番匠たちは戻らなかった。それどころか藤頼からの仕送りも途絶え、玄舜の生活さえも行き詰まった。

玄舜は山を下りる決意をした。

折よく箱根権現の出入商人が帰るというので、玄舜は同行を願った。わずかに手元は見える玄舜であったが、さすがに山を下りるとなれば介添《かいぞ》えが要る。

商人は信心深い男で、快《こころよ》く玄舜を小田原まで送り届けてくれた。

ところが、大森氏側の対応は冷ややかだった。

番所で厳しい取り調べを受けた後、玄舜は追い返された。それでも同道した商人が奔走し、何とか城内に入ることができたが、すぐに藤頼に会えるわけではなかった。下役人が立ち替わり現れ、その都度、来訪の目的を問われた玄舜は、ほとほと下界が嫌になった。

――山で像を彫っている方が、よほどましだ。

あの辛《つら》い日々が、玄舜には懐かしいものにさえ思えてきた。

それでも、ようやく藤頼に面談を許された。

書院らしき部屋に通された玄舜は、広縁の板敷きの上で藤頼を待つよう指示された。かつて氏頼と面談した時とは段違いの待遇だ。

やがて渡り廊下を軋《きし》ませ、藤頼がやってきた。その足音と歩幅から、小柄小太りの体軀《たいく》の持主だと察せられた。

「そなたが玄舜と申す仏師か」

齢《よわい》五十を超えたと思われる嗄《しわが》れた声が響いた。しかしその声には、どこか落ち着かぬ響きが籠《こも》っている。

「はい。玄舜と申します」

「貴殿には気の毒だが――」

実にあっさりと、藤頼は計画の打ち切りを伝えてきた。父親の菩提《ぼだい》を弔うため、別に寺を建てるので、箱根山の件は棚上げにするとのことだった。

予期していたとはいえ、玄舜は落胆した。

「式部少輔《しきぶのしょうゆう》様、お父上のご遺言ですぞ」

藤頼は薄ら笑いを浮かべたようだ。

「あれは、父が老耄《ろうもう》した末に申したこと。父が生きている間は、隠居の道楽として見逃してきたが、もはや遠慮は要らぬ」

「いいえ、お父上は箱根山の鎮護として、神仏混交の理想世界を――」

「権現からも苦情が来ている。箱根山に大社は一つでよい」

「式部少輔様――」

「そなたがどうしても建立したいなら、それは許そう。しかし当家は寄進せぬぞ」

「それでは亡きお父上の――」

苛立《いらだ》たしげに藤頼が玄舜の言葉を遮った。

「われらが今、いかなる窮地に追い込まれておるか、そなたには分かるまい。山内方は相模中郡まで迫り、たいへんな勢いだ。このままでは、わが家も危うい」

「――――」

「まあ、貴殿にはかかわりのない話だがな」

うんざりした様子で、藤頼は立ち上がった。

「お待ち下され」

追いすがろうとする玄舜の姿に哀れを感じたのか、去り際、藤頼は一言だけ付け加えた。

「致し方ない。わが領国内での勧進《かんじん》だけは許してやろう」

「勧進と申されるか」

「そうだ。文句でもあるのか」

「いえ――」

「過所（通行手形）を出しておくので、それを使え」

「わかりました」

悔しさに打ち震えながらも、玄舜は平伏した。

玄舜は、小田原で最も繁華と言われる板橋宿の札辻《ふだつじ》に立つことにした。

しかし、来る日も来る日も立ち続けたところで、せいぜいその日の糧を得るくらいしか、資金は集まらなかった。

ほかの方法など考えようもない玄舜は、それでも立ち続けるしかなかった。

板橋宿で勧進を始め、二週間あまりが経ったある日、男が一人、玄舜の前に立った。

「そなたは勧進聖《ひじり》か」

鉄錆《てつさ》びた声音《こわね》で、男は玄舜に問うてきた。

男の周りには数人の従者《じゅしゃ》がいるらしく、わずかなざわめきが空気を伝わってくる。

――大森家家臣か、近隣の地侍《じざむらい》だろう。

玄舜は網代笠《あじろがさ》を取ると深く頭を下げ、勧進の目的を語ろうとした。しかし男は、驚いたように問うてきた。

「そなたは盲《めしい》か」

「はっ、いかにも盲にございます」

「盲といっても手元は見えるな」

「わずかばかりに」

「弥次郎、この手を見よ」

男は玄舜のひび割れた手を取り、それを幾度か裏返しては戻した。

「おんしゃ、何者《なんもん》かい」

従者らしい男が上方《かみがた》なまりで問うてきた。

「拙僧は大磯高麗寺の玄舜と申します」

「仏師だな。この手を見ればわかる」

主人らしき男は確信を持って言った。

「何の勧進を募っておる」

「それは――」

玄舜は経緯《いきさつ》を語った。

「奇特なことだ。道心の篤《あつ》かった寄栖庵様の願いだ。何としても成就させたいの」

「は、はい」

すがるような思いで、玄舜は点頭した。

「それで式部少輔殿は、貴殿に自領内での勧進を許したというのだな」

「その通りです」

男は何か思案している様子である。

「しかし、仏師の貴殿が町辻で勧進していては、いつまで経っても神仏像はでき上がらぬな」

「はい、仰せの通りです」

男は再び何かを考えているようだった。

その時、男が突然、名乗った。

「申し遅れたが、わしの名は――」

　その名を聞いた玄舜は仰天した。

　男は明応二年（一四九三）に堀越御所《ほりごえごしょ》の足利茶々丸を襲い、伊豆国を奪った伊勢新《いせしん》九郎盛時《くろうもりとき》、別名早雲庵宗瑞だという。

　玄舜は、腰が抜けそうになった。

「鬼に会ったような顔をするな」

「ああ、はい」

「こっちは弥次郎、わが弟だ」

　従者が弟だろうと、もはやどうでもよかった。

　この場を逃れる術はないか、玄舜は左右を探った。

「逃げずともよい。おい、銭を持て」

　そう言って笑うと、宗瑞はずっしりと重い銭袋を玄舜の手に載せた。

「これは――」

「当座の寄進だ。今日は式部少輔殿を訪《おとの》うた帰りゆえ、持ち合わせにも限りがある。後日、山に使者を遣わして寄進いたす。亡き寄栖庵様の願い、この宗瑞が肩代わりしよう」

「それは真《まこと》ですか」

「戯言《ざれごと》を申すようなことではない」

「ありがたきお言葉」

玄舜は、涙が出るほどうれしかった。むろん、この男を恐れるがゆえ、箱根山に守護神を置こうとした氏頼の思いなど、すっかり忘れていた。

「しかし、これだけの事業だ。伊豆に入って間もないわしの財力だけでは心もとない。広く勧進を募らねばならぬが、といって貴殿が勧進に立っていては、神仏像ができ上がらぬ。いっそ、こうしてはどうか――」

宗瑞が言うには、伊豆では先立っての地震災害の後に悪疫《あくえき》が流行《はや》り、熱にやられて盲となった者が多く出た。現在、彼らを韮山《にらやま》付近の寺に分けて修行させているが、いかんせん金を稼ぐ術がなく、寺から苦情も出ている。そこで彼らを玄舜に預けるので、少しでも見える者は仏師の見習とし、残りは勧進聖に使ったらどうかというのだ。

否も応もない。

玄舜は、すでに宗瑞の足の甲に額を擦り付けていた。

宗瑞は玄舜を抱き起こすと、再会を約して西に去っていった。

その後ろ姿に向かい、玄舜は懸命に経を唱え、仏の加護を願った。

# 四

明応五年（一四九六）六月、盲目の勧進聖十六人が緑濃い箱根山を登ってきた。奇《く》しくも神仏像と同じ人数だ。

玄舜は大喜びで彼らを迎え、早速、神仏堂に案内した。当分の間、彼らにはでき上った神仏像と共に、ここで寝起きしてもらうことになる。

彼らのほとんどは西伊豆の出身で、漁夫だった者が大半だという。玄舜の話にさしたる関心も示さず、これからいかに生きていくか、戸惑っているようだった。

――わしが導かねばならぬ。

玄舜は彼らへの教育という義務を負わされたと知り、それが仏から授かった己の使命だと信じた。

玄舜は日々、仏の教えを説き、勧進の意義を諭した。

やがて夏が終わり、箱根山の緑が朱に染まる頃、彼らはすっかり信心深い勧進聖となっていた。

彼らの中に茅丸《かやまる》という十五歳の少年がいた。

茅丸は北伊豆のとある地侍の三男だったが、事故で片目の視力を失ったという。それを哀れんだ宗瑞により、小姓《こしょう》の一人に加えられていたが、盲人たちが箱根山に登ると聞き、矢も盾もたまらず宗瑞に同行を願い出た。はじめ難色を示した宗瑞だったが、その熱意にほだされ、随伴を許したという。

茅丸は些事《さじ》にまで気が回り、労を惜しまずよく働いた。しかも手先が器用で、見よう見まねで小さな仏を彫ったりしていた。

茅丸をいたく気に入った玄舜は、自らの後継者にしたいと思った。

その茅丸が宗瑞からの届け物として持参したのは、唐土《もろこし》の漢方薬だった。

「この薬を飲み続ければ――」

おそらく、そなたの眼病は癒《なお》ると、宗瑞は言ったらしい。

半信半疑ながらも、玄舜はその薬を口にしてみた。

口の中に懐かしい苦さが広がった。

やがて秋が終わり、冬の到来を告げる北風が湖面を舐《な》める頃、十五人の盲人たちは、寄進を募るため下界に下りることになった。そして翌春、再び山に戻り、集めた資金を合わせ、堂宇《どうう》の構築を進めるのだ。

明応六年（一四九七）二月、下山の日が来た。あらかじめ雇った猟師の先導により、一行は山を下っていった。

十五人はそれぞれ菅笠《すげがさ》をかぶり、杖を持ち、笈《おい》を背負い、前を行く朋輩の肩に片手を置いていた。

茅丸は涙を流して別れを惜しんだ。わずかな間だったが、寝食を共にした者たちとの別れだ。玄舜にも、熱いものが込み上げてきた。

彼らに神仏の加護があることを、玄舜は祈った。


その頃、武家の世界では、大きな変動が起こりつつあった。

扇谷・山内両上杉家による関東の覇権争い長享《ちょうきょう》の乱は、長享二年（一四八八）の関東三戦を優位に進めた扇谷上杉定正《さだまさ》に主導権が握られていた。

定正は明応三年（一四九四）八月、山内方の武蔵国の関戸《せきど》要害《ようがい》、相模の玉縄《たまなわ》要害を攻略し、武蔵・相模両国を手中に収めていた。ところが同年十月、山内上杉顕定《あきさだ》をその本拠・鉢形《はちがた》城に追い込んだにもかかわらず、定正が荒川河畔で頓死《とんし》することで、形勢が逆転した。

定正の跡は、甥《おい》の朝良《ともよし》が継いだが、朝良は政治的にも軍事的にも定正に遠く及ばず、虎の子の古河公方を顕定に取り込まれ、江戸・河越《かわごえ》・松山諸城に逼塞《ひっそく》を余儀なくされていた。

明応五年（一四九六）七月、顕定は相模西郡への大規模な侵攻を開始した。先遣《せんけん》隊を率いる長尾右衛門尉景英《ながおうえもんのじょうかげひで》は、敵方となった実父の長尾伊玄《いげん》（景春）と伊勢弥次郎の守る津久井山に攻め寄せ、これを撃破すると、小田原城に迫った。

朝良実父の朝昌、宗瑞、三浦道寸、上田正忠ら扇谷方国衆は大森藤頼と協議し、籠城策を取ることにした。諸将は、糟屋《かすや》・大庭・実田《さなだ》、そして、小田原とその支城群である岩原・沼田・河村・浜居場《はまいば》などに拠り、相互に連携・援護しながら時を稼ぎ、同盟国の駿河今川家の来援を待つことになった。

宗瑞は小田原に弥次郎を残し、自らは韮山城に戻った。今川勢が韮山に到着次第、それを率いて反攻に出ようというのだ。

小田原に弥次郎を残したのには、理由があった。

厳とした風韻《ふういん》を湛《たた》えていた氏頼とは違い、小賢《こざか》しさばかりが目立つ藤頼に信が置けず、よもやの寝返りを抑えるための監視役として、弥次郎を置いたのだ。

ところが、これが裏目に出る。

小田原城下まで攻め寄せた山内勢だったが、城方の頑強な抵抗に遭い、攻めあぐねた。狩野・伊東ら伊豆衆を率いた弥次郎が、見事な駆け引きを見せたからだ。

攻防は二月《ふたつき》に及んだが決着はつかず、しかも収穫の季節を迎え、山内勢は落ち着きがなくなってきた。

調略《ちょうりゃく》による敵方の切り崩しを図るべく、顕定は藤頼に本領安堵《あんど》と扇谷家滅亡後の相模守護職《しゅごしき》をちらつかせて内応を促した。

籠城に限界を感じていた藤頼は即座にこの話に乗った。しかし、眼下の華岳城に籠もる弥次郎と三百の伊豆侍が邪魔だ。

顕定と示し合わせた藤頼は、弥次郎を挟撃することにした。

「すわ、敵襲！」とばかりに山内勢に対した弥次郎らの背後から、味方のはずの大森勢が襲いかかってきた。

これではひとたまりもない。

弥次郎は乱戦の中で討ち死にし、伊豆衆も壊滅した。

小田原城は敵の手に落ち、その知らせが届いた諸城も自落《じらく》（撤退）を余儀なくされた。

これを聞いた宗瑞は、藤頼に深く恨みを抱いた。味方を裏切ったばかりか、腹心の弟を殺されたのだ。しかし宗瑞は堪《た》えた。着々と進めていた準備が整わない限り、宗瑞は決して動こうとしなかった。

こうした下界の喧騒《けんそう》をよそに、玄舜と茅丸は懸命に神仏像を彫り続けていた。

厳しい箱根の冬も二人で身を寄せ合って凌ぎ、遂に像は十五体を数えるまでになった。しかも宗瑞からもらった漢方薬のおかげで、玄舜の視力は徐々に回復していた。

ぼんやりとしか見えなかった手元もはっきりと見え、茅丸の笑顔も、くっきりとした輪郭をもって浮かんできた。視力の回復と茅丸と二人でいるという幸福が、玄舜の仕事をはかどらせた。

しかし、玄舜の幸福は長く続かなかった。

明応七年（一四九八）、梅の花が咲く頃、突如として茅丸の姿が消えた。初春とはいえ、いまだ雪の残る季節だ。いかに若い茅丸でも、特別の訓練を受けていない限り、山を下りることは容易でない。

玄舜は狂ったように茅丸を探したが、その足跡は途絶えたままだった。

放心した玄舜は芦ノ湖畔を彷徨《さまよ》い、茅丸の名を呼び続けた。しまいには思い余って入水《じゅすい》し、箱根権現の僧たちに助けられた。

## 五

「玄舜様、玄舜様」

遠くで茅丸の呼ぶ声が聞こえる。

意識が回復し始めた玄舜は、「夢ではないか」と自らに問いつつ、ゆっくりと目を開けた。

明るい光が視界いっぱいに広がると、その中心に、ぼんやりとした黒い影があった。それは徐々に茅丸の顔の輪郭になっていった。

——戻ってきたのか。

玄舜はそれを言葉にしようとして、すんでのところで思いとどまった。

眼前の茅丸は幻影で、その問いを発してしまえば、消え去ってしまうのではないかと思ったからだ。しかし案に相違し、幻影の方から口を開いた。

「玄舜様、申し訳ありませんでした」

茅丸の頬《ほほ》は涙で濡れていた。

しばしそれに見とれていた玄舜だったが、ようやく勇を鼓《こ》し問うてみた。

「茅丸か」

「はい、茅でございます」

「そうか、戻ってきたのだな」

眼前の茅丸が現世《うつしよ》のものと知った玄舜は、神仏に感謝の祈りを捧げた。

「そなたがいなくなり、どうしてよいか分からなくなった。わしがどれだけ心配したか、そなたは知るまい」

玄舜は甘えるように茅丸を責めた。

「申し訳ありません」

玄舜の褥《しとね》に茅丸は泣き崩れた。

「茅丸、なぜ泣く」

「――」

「他の盲は、いかがいたした。まだ誰も戻っておらぬのか」

上体を起こした玄舜が周囲を見回した。

――あっ。

周囲の光景が、以前よりはっきりと見えてきていた。泣き崩れる茅丸の背後に立つ古びた屛風のしみでさえ、玄舜は見えるようになっていた。

しかし、かつて彼を取り囲んでいた盲人たちの姿は、どこにもない。

「いまだ一人も戻らぬのか」

「はい、もう誰も戻りませぬ」

「なぜに戻らぬ。勧進した銭を持ち逃げしたというのか」

「いいえ」

茅丸は肩を震わせ慟哭《どうこく》した。

「いったい何があったというのだ。出奔《しゅっぽん》したおぬしだけが、どうしてここに戻った」

「それは――」

茅丸は一部始終を語った。

伊勢宗瑞は以前から相模侵攻を計画していたが、大森氏頼健在の間は手の打ちようもなかった。その後、氏頼は没したが、大森家と伊勢家は扇谷家を盟主とする同盟国となっていた。これでは、攻め寄せる大義がない。

しかし、宗瑞は慎重に事を進めた。

まず宗瑞は相模に乱破《らっぱ》（忍《しのび》）を入れ、大森家の内情を探らせようとした。ところが用心深い藤頼は箱根の関を固め、少しでも怪しい素性《すじょう》の者を追い返した。さらに周辺の国衆や地侍にも、怪しい者を警戒するよう触れを出していた。

そんな折、宗瑞は玄舜と出会った。

宗瑞は玄舜の勧進を利用し、大森家領国内に乱破を放つことを思いついた。藤頼の通行手形を持つ盲目の勧進聖なら、相模国内を怪しまれずに行き来できる。

韮山に戻るや、宗瑞は十五人の乱破を集め、三月《みつき》の間、盲人としての訓練を施すと、槍術の稽古《けいこ》で実際に片目を失った茅丸に先導させ、箱根山の玄舜の許《もと》に送った。

そんな折、山内勢が攻め寄せ、小田原城攻防戦が始まった。藤頼が山内方に寝返ったことで、弟の弥次郎が殺されたことは誤算だったが、宗瑞は小田原を攻める大義を得た。

この時とばかりに、宗瑞は各地に散った勧進聖たちを呼び返し、相模国の内情を報告させた。その中には貴重な情報も含まれていた。

相模の有力国人・松田氏が、大森氏の勢力伸張を快く思っていないというのだ。

再び勧進聖を使い、松田左衛門尉頼秀《さえもんのじょうよりひで》・盛秀《もりひで》父子と連絡を取った宗瑞は、水面下で軍事同盟を締結させた。

松田氏は大森氏に滅ぼされた河村・土肥・土屋らの残党に声をかけ、その勢力は侮れないものとなっていった。

機は熟した。

宗瑞は東の松田氏らと呼応し、東西から小田原に討ち入ることにした。多額の寄進により、箱根権現にも見て見ぬ振りをしてもらう約定《やくじょう》を取りつけた。

一方、宗瑞の本拠・韮山城に帰った茅丸は元の小姓に戻ったが、玄舜のことを思うと、居ても立ってもいられなくなり、箱根行きを宗瑞に懇願した。

「かの御仁《ごじん》には迷惑を掛けた」

宗瑞は言った。

「そなたが、かの御仁の側近くにあらば、かの御仁の慰めになる。それがわしのできる唯一の償いだ。茅丸、行くがよい」

喜び勇んで飛び出そうとする茅丸を呼び止めた宗瑞は、「小田原奪取のあかつきには、亡き寄栖庵様への償いとして、貴殿の寺は必ず建立すると伝えよ」と言い添えた。

話を聞き終わった玄舜は、黙って丸鑿《まるのみ》を持ち、最後の一体の仕上げにかかった。茅丸は嗚咽《おえつ》しながら終日、玄舜の作業を見つめていた。

やがて日が落ちる頃、最後の一体が完成した。

玄舜は無言で丸鑿を擱《お》くと、燭台《しょくだい》を持った。

すでに箱根山に夜の帳《とばり》は下りていたが、視力を回復した玄舜は、灯明《ほあ》かり一つあれば、夜道も歩けるようになっていた。

玄舜の意図を察した茅丸が、玄舜の手から燭台をそっと奪い、その足元を照らした。

玄舜は無言でその行為を許し、最後に彫った像を抱えた。

底冷えする夜気の中、二人は湖畔の堂を目指した。


漆黒の闇《やみ》に包まれ、堂は静かに眠っていた。

堂の鍵を開けて中に入った玄舜は、西の隅に最後の一体を据えた。

これで、十六体の像すべてがそろった。

「茅丸、見よ。これこそ亡き寄栖庵様が夢見ていた神仏混交の世界だ」

「はい」

玄舜と茅丸は熱に浮かされたような目で、その光景を見つめた。

「しかし、われら現世《うつしよ》の者がこの様を見るのは、これが最初で最後となる」

「と申されますと」

「この堂を焼く」

玄舜の真意を即座に察した茅丸は、その場にくずおれた。

堂を焼くということは、内部に安置された像だけでなく、玄舜自らもその炎に焼かれることを意味する。

玄舜は悲しかった。

喩《たと》えようもなく悲しかった。

自らの不明が、大恩ある大森家を潰《つぶ》してしまうことになるなど考えてもいなかった。箱根山を守るはずの守護神は、敵を導き入れる役割を果たしたのだ。

――世にこれほどの盲があろうか。

玄舜は、己の肉体を茅丸への煩悩《ぼんのう》と共に焼き尽くさねばならないと思った。それこそが氏頼への償いになり、仏に近づく道だと玄舜は信じた。

いったん堂の外に出た玄舜は、暖を取るために積んでおいた薪束《まきたば》を摑《つか》んだ。

「あれは――」

その時、玄舜の瞳に何かが映じた。

無数の光の列が上下二列になり、湖の対岸を移動していく。

しばらくして玄舜は、光が湖面に映じているため二列になっていることと、それが、おびただしい数の松明《たいまつ》だと知った。

「玄舜様、あれがご覧になれるのですか」

陶然としてその光を見つめつつ、玄舜がうなずいた。

「あれは——」

茅丸は口ごもったが、玄舜には、それが何であるか分かっていた。

「宗瑞殿の軍勢だろう」

「はい。箱根峠から湯坂道《ゆさかみち》を経て、小田原に向かう伊豆の兵です」

「そうか」

「玄舜様、申し訳ありません」

玄舜の足に取りすがって茅丸は泣いた。

「もうよいのだ」

優しく茅丸の手を振り解《ほど》いた玄舜は、燭台を持ち薪束を脇に抱え、堂に向かった。

そして、堂の観音扉に手を掛けつつ背後を振り返った。

この世で見る最後の光景を、心にとどめておこうと思ったのだ。

両手をつき嗚咽《おえつ》する茅丸の背後に、無数の松明が揺れていた。松明は湖面に反射し、山稜《さんりょう》の輪郭をわずかに浮き立たせていた。

玄舜は、その生涯を通じて最も美しいものを見ていた。

「目明きとは不自由なものだな。見たくないものまで見ねばならぬ時がある。しかし、そうしたものほど美しいのだ」

堂の中に身を入れた玄舜は、静かに扉を閉めると閂《かんぬき》を下ろした。

玄舜の名を呼びつつ、茅丸は扉にすがりついたが、中からは何の返事もなかった。

しばらくして、経を唱える声が聞こえてきた。

茅丸は扉に身をもたせかけ、泣き崩れた。

やがて堂の外に煙が漏れ出してくると、経を唱える玄舜の声が一段と高まった。

茅丸も懸命に経を和した。

「宗瑞様、あれを――」

家臣が指し示した湖の対岸には火の手が上っていた。

――あれは、かの御仁の堂がある辺りだな。

宗瑞は馬を下り、懐から数珠《じゅず》を取り出した。そして、ひとしきり経を唱えると、身を翻して馬上に戻った。

その顔は、すでに武人のものとなっていた。

# 稀《まれ》なる人

一

今川氏親《うじちか》は少年時代を丸子谷《まりこだに》で過ごした。

父義忠《よしただ》が戦死し、その後の家督をめぐって家内が分裂、その結果、京下りのとある人物が氏親を丸子谷に移したからだ。

義忠の嫡男にあたる氏親は、本来ならば家督継承に何ら障害はないのだが、父の死亡時、四歳という年齢から相続に反対する声が多かった。平和な時代ならまだしも、幕府の権威は失墜し、諸国の守護大名が自立傾向を強める中、駿河《するが》でも強力な当主が望まれるのは当然だ。しかも今川家は最も有力な足利将軍家門葉《もんよう》であり、西（幕府）に変事あれば急行し、東（関東公方家《かんとうくぼうけ》）に叛乱《はんらん》起こらば鎮定に走るといった治安維持機関の役割を果たしていた。とても四歳の幼児に務まるものではない。そのため、家内は二派に分かれて混乱した。

氏親と家督を争っている相手は小鹿新五郎範満《おしかしんごろうのりみつ》といい、父義忠の従兄弟《いとこ》にあたる人物だ。範満はすでに成人しており、義忠の名代《みょうだい》として各地に出陣したこともある一角《ひとかど》の武将だった。常識的には、範満が家督を継承しても致し方ないと、周囲の多くは見ていた。

京から来た男が、それに異を唱えなければ、きっとそうなっていたに違いない。

物心つく頃から、氏親は母（北川殿《きたがわどの》）や小川《こがわ》の爺《じい》によって、自らが貴種だと教え込まれてきた。小川の爺とは、小川湊《みなと》（焼津）を取り仕切る豪族商人の長谷川法栄《ほうえい》のことだ。氏親は法栄長者から様々なことを学んだ。さらに、小川家の菩提寺《ぼだいじ》・林叟院《りんそういん》の住持《じゅうじ》の賢仲繁哲《けんちゅうはんてつ》から厳しい禅教育も施された。

言うなれば、母の創った海に小川の爺が陸を盛り上げ、繁哲が山河を穿《うが》ったということになろうか。

氏親の全世界は、この三人により形成された。

そしていま一人、その世界を照らす太陽のごとく、氏親に大きな影響を与える人物が現れる。

それは激しく雨の降る夜だった。

繁哲から読書を命じられた漢籍を放り出し、『太平記』に熱中していた頃だから、よく覚えていた。その男は『太平記』の大楠公《だいなんこう》（楠木正成《くすのきまさしげ》）よろしく、氏親の物語に颯爽《さっそう》と登場してきた。

丸子谷が鄙《ひな》びた山里だといっても、来訪者が全くないわけではない。京下りの公家や連歌師《れんがし》などが父の知己《ちき》だったと言って、しばしば訪ねてくることがある。彼らには、都の威厳を背負っているという気負いがあるらしく、必ず晴れた日を選び、きらびやかに着飾り、供回りや弟子をあまた引き連れ、館の門前で案内を請うたものだった。

しかし、その男だけは違っていた。

土砂降りの中、笠もかぶらず門前に立つと、自らの名を大声で名乗った。むろん供回りなど連れていない。その大声に館が揺らいだように感じたのは、氏親だけではなかった。後に水仕女《みずしめ》が、「すわ、戦だと思った」と話しているのを小耳に挟んだことがある。

邸内に招き入れられた男は奥書院に案内された。その大きな足音が、けっして広くない丸子館の廊下を震わせたことを、氏親は鮮明に覚えていた。

氏親と伊勢新九郎《いせしんくろう》の再会は、雨が滝のように降る夜に行われた。

再会といっても、氏親にとっては初対面も同然だ。かつて新九郎が駿河に現れ、氏親を丸子谷に移した時、氏親は四歳にすぎず、覚えているはずもなかった。

新九郎は、みじめに濡《ぬ》れそぼった木綿の道服を一向に気にせず、堂々たる態度で、「母君の弟、伊勢新九郎盛時《もりとき》に候《そうろう》」と名乗るや、「小鹿新五郎を討ちに参りました」とだけ言った。

それ以外、余計な口は利《き》かなかった。

新九郎は丸子谷に数日滞在し、様々な人と会い、来た時と同じように丸子谷を出ていった。しかし今度は、単身ではなく与党国衆とその手勢を伴っていた。

新九郎を見送る母の手が震えていたことを、氏親はよく覚えている。

夕刻になるや、使者が相次ぎ丸子館に駆《か》け込み、「当方勝利」を知らせてきた。

やがて新九郎が戻り、脚付きの折敷《おしき》に載せられた新五郎の首を恭《うやうや》しく差し出した。

人の胴から離れた首というものを、この時、氏親は初めて見た。大篝火《おおかがりび》に照らされたその首は妙に青白く、蠟細工《ろうざいく》のようだった。むろん氏親の記憶にある新五郎とは、似ても似つかなかった。

その凝視があまりに長いため、新九郎が咳払《せきばら》いをした。

われに返った氏親は、首実検の作法通り、左手で弓を突き、右手に扇をかざし、鬨《とき》を三度上げた。そして新九郎の労をねぎらい、首を手厚く葬らせた。

その翌日から、氏親は駿河の主《あるじ》となった。自分の意志でなったというより、据えられたという感覚に近い。やがて丸子谷を引き払い、駿府館《すんぷ》に移った氏親は、龍王丸《たつおうまる》という名を捨て今川氏親となった。

一方、新九郎は富士郡下方《ふじごおりしもかた》十二郷を預かる今川家の被官《ひかん》となった。

その後、新九郎は氏親の兵を借りて堀越《ほりごえ》公方足利茶々丸を討ち、伊豆を手中に収めると、続いて小田原の大森一族を追い、西相模《さがみ》をも制した。

新九郎は今川家から独立した存在となりつつあったが、氏親に対する態度は以前と変わらず、氏親のことを「御屋形様《おやかたさま》」と呼び続けた。

その新九郎が扇谷《おうぎがやつ》上杉朝良《ともよし》に与《くみ》し、関東の騒乱収拾《しゅうしゅう》に乗り出していったことは、氏親も知っていた。しかし新九郎は、混乱する関東の政局に氏親を介入させず、内政の充実と財政基盤の確保を、しつこいほど進言してきた。

二

叔父新九郎こと伊勢宗瑞《そうずい》から援軍要請が届いたのは、文亀《ぶんき》四年（一五〇四）正月のことだった。

氏親は三十二歳になっていた。

明応《めいおう》二年（一四九三）の宗瑞の伊豆進出、同三年（一四九四）の扇谷上杉定正《さだまさ》の北武蔵侵攻以来、宗瑞からの援軍要請は約十年ぶりになる。しかも此度《こたび》は、氏親の親征を懇望《こんぼう》してきていた。

氏親が戦乱を嫌い、文化的生活を好むことを宗瑞も知悉《ちしつ》しており、それゆえ宗瑞は、兵は借りても氏親の親征まで要請することはなかった。しかし此度ばかりは、氏親自身の出馬を強く願ってきたのだ。

その表向きの理由は「扇谷家命運懸之一戦《おうぎがやつけのめいうんこのいっせんにかかる》」ということだったが、それだけではない気もした。

周囲の反対を押し切り、氏親は出陣を決意した。

そもそも今回の争乱は、山内《やまのうち》・扇谷両上杉家の関東における主導権争い・長享の乱の第二幕とも言うべきものだった。

第一幕は古河《こが》公方《くぼう》政氏《まさうじ》の調停によって明応五年（一四九六）に終息したが、文亀元年（一五〇一）、伊勢宗瑞が大森一族を討つと、それが呼び水となり、再び両家は干《かん》戈《か》を交えることになった。

むろん停戦期間中も、顕定《あきさだ》と朝良の間では水面下の暗闘が続いていた。めまぐるしい調略《ちょうりゃく》戦が展開され、顕定による古河公方の取り込み、太田資康《すけやす》と三浦道寸《どうすん》の扇谷陣営への復帰など、激しい綱引きの末、この第二幕では、双方の顔ぶれも一変した。

永正元年《えいしょう》（一五〇四）八月、長享の乱の第二幕が切って落とされる。

山内勢が扇谷家の本拠の河越城に攻め寄せてきたのだ。

激しい攻防が繰り広げられたが、河越城は持ちこたえた。

いったん河越城攻略を諦《あきら》めた顕定は作戦を変更し、江戸城にその鋭鋒を向けた。

江戸城は入間川（現在の荒川）、荒川（現在の元荒川）、利根川（古利根川）の三大河川が隅田川として合流し、江戸湾に注ぐ河口に立地している。

顕定の狙いは、先に江戸城を攻略することで、扇谷家の河川を使った内陸部への兵《へい》站《たん》補給を断つことにあった。

江戸城攻略を期した顕定は九月初め、河越城の南東四里半の白子《しらこ》原《はら》まで進んだ。

一方、九月十五日には、扇谷上杉朝良から援軍要請を受けた伊勢宗瑞が武蔵国稲毛郷枡形山に着陣した。

枡形山は比高五十八メートルの小丘《しょうきゅう》で、鎌倉時代から稲毛《いなげ》三郎《さぶろう》重成《しげなり》の館があった場所と伝えられるが、すでに荒山と化しており、多くの兵は山麓《さんろく》に野《の》陣《じん》していた。

これと相前後する九月十一日、氏親が四千余の兵を率いて駿府を出発した。

扇谷上杉朝良も顕定を追って河越城を出発した。江戸城を発した曾我兵庫助祐重《すけしげ》の軍勢も白子原に向かっていた。

九月中旬、包囲されつつあることを覚った顕定は、致し方なく江戸への行軍を停止し、鎌倉街道上道を使って上州方面へと逃れるべく、道を南西に転じ、立河に至った。しかし行く手を阻まれ、古河公方政氏と共に立河の普済寺《ふさいじ》に着陣した。

顕定は甲斐の武田信縄《のぶつな》と越後の上杉房能《ふさよし》に援軍を要請、包囲網を狭めようとする朝良に対して外側から牽制《けんせい》してもらい、退路を確保しようとした。

いずれにしても、関東での戦が関東外辺部からの援軍誘致合戦となっていたこの頃、いち早く援軍を誘い込んだ方が圧倒的優位に立てる。先んじて今川家の招聘《しょうへい》に成功した朝良が、この戦いの主導権を握ったことからも、それは明らかだった。

三方から包囲された顕定は孤立し、上野国《こうずけのくに》平井～武蔵国鉢形《はちがた》～同上戸《うわど》陣（河越城の西半里）と続く兵站は風前の灯火《ともしび》となりつつあった。それでも武田か上杉の援軍さえ間に合えば、戦局は一変する。特に越後の上杉房能は顕定の同腹弟《どうふくてい》なので頼りになる。

九月二十日、氏親が枡形山に着陣した。

氏親を迎えに出た宗瑞率いる伊豆衆は、農民・漁民・海賊などから成る、にわか仕立ての軍勢だ。決まった装備などなく、思い思いの得物《えもの》を持ち、縅糸《おどしいと》のほつれた不ぞろいの甲冑を着けている雑多な集団に過ぎない。そこに、きらびやかな軍装に身を包んだ今川正規軍四千余が来着した。

枡形山は歓呼に包まれた。勝手に勝鬨《かちどき》を上げる者、「これで勝った」とはしゃぐ者など、宗瑞の連れて来た伊豆衆は統制の取れていないことにかけては、餓狼《がろう》の群れと何ら変わりはなかった。

　その餓狼の中に宗瑞がいた。

　陣僧かと見まがうばかりの裾《すそ》の切れた僧衣を翻し、しゃくれた顎《あご》を少し上向き加減にした独特の姿で、宗瑞は立っていた。

「叔父上」

「御屋形様」

　氏親を認めた宗瑞は、臣下が主君に対するように拝跪《はいき》した。それを見た、餓狼たちも平伏した。

　この叔父の不思議な統制力に、氏親は驚きを禁じ得なかった。

　一通りの挨拶《あいさつ》が済むと、宗瑞は氏親を急造の陣屋に案内した。

　本陣に近づくほどに軍装の整った将兵が多くなった。

　宗瑞は「こちらが狩野介《かのうのすけ》、その隣が松田左衛門、あれに控えるは西伊豆水軍衆。これは、それがしが上方より連れてまいりました大道寺」などと、陣所前に拝跪する自らの家臣を氏親に紹介すると、軍評定《いくさひょうじょう》のために翌日、高幡《たかはた》城に出向くと告げてきた。

# 三

九月二十一日早朝、扇谷家の重臣や客将が相次いで高幡城に参集してきた。

高幡城は、枡形山の西方四里の多摩川南岸にある小規模な城だ。その小城で、扇谷方の命運を決する軍議が開かれようとしていた。

当主の朝良は来なかったものの、朝良実父の朝昌《ともまさ》、太田資康《すけやす》、三浦道寸《どうすん》、上田蔵人《くろうど》入道政盛（曾我祐重の名代）ら扇谷家の重鎮が参集した。

彼らは軍議前に打ちそろって氏親に拝謁《はいえつ》し、参陣の礼を述べたが、氏親をここまで引っ張り出した宗瑞に対しては、感謝の意を示すことさえしなかった。

その理由を氏親は聞かされていた。

文亀元年（一五〇一）、宗瑞は伊豆から小田原に討ち入り、大森一族を滅ぼした。明応五年（一四九六）、当主後見の大森藤頼《ふじより》が扇谷方から山内方に寝返り、援軍として入城していた宗瑞の弟・弥次郎を殺したからだ。

扇谷方の宗瑞としては、一点の曇りもない大義ある戦だった。道理から考えれば、扇谷方から感謝こそされ、悪く言われる筋合いはない。

しかし、そこが人間の感情だ。新参者の伊勢宗瑞が、長らく扇谷陣営の一翼を担ってきた大森一族を滅亡させたことは、彼らの支配構造に変化を促すものであり、それが彼らに漠とした不安を抱かせたとしても、何ら不思議はなかった。

とくに大森家と緊密な関係にあった三浦道寸は、宗瑞の勢力伸張を危惧《きぐ》し、周囲に警鐘《けいしょう》を鳴らしていた。


高幡城本曲輪《ほんぐるわ》には、上杉家と今川家の紋所をあしらった陣幕が張りめぐらされ、その中央には、盾を利用した簡易な机と床机《しょうぎ》が並べられていた。

宗瑞の導きにより、氏親は大将の座に着いた。

本来は朝良名代の朝昌の座だが、宗瑞の工夫により、上座は二席、用意されている。

続いて朝昌が氏親の隣に座した。

「さて、おのおの方――」

「お待ちあれ」

宗瑞が軍評定の開始を宣言しかけた時、それを遮る者がいた。

三浦道寸である。

道寸は相模の名族・三浦家の当主という家柄だけでなく、文武に秀でた傑物として、諸将から絶大な信頼を寄せられていた。

道寸は宗瑞に対し、あからさまな敵意を持っていた。

文亀元年の宗瑞小田原攻めの折、没落してきた大森一族を道寸は保護した。道寸としては、母の実家の大森一族を保護するのは当然のことと思っていたが、宗瑞としては、同じ扇谷陣営の三浦氏が共通の敵の大森一族を助けるなど言語道断だった。宗瑞は道寸に強く抗議したが黙殺され、それ以来、両者の関係は険悪になっていた。

「評定の進行は、太田源六殿（資康）が執り行われるよう、治部少輔殿（朝良）より命じられておる！」

周囲も驚くほどの大声で道寸が喚《おめ》いた。

道寸は白綾の頭巾をかぶった僧形だった。その頭巾から垣間《かいま》見える相貌《そうぼう》は明王《みょうおう》のように険しく、その瞳は爛々《らんらん》と輝いていた。

五十の坂を越えたとは思えないほど、道寸の鋭気《えいき》は満溢《まんいつ》していた。

「それでは太田殿にお任せいたす」

拍子抜けするくらい素直に、宗瑞は指示に従った。それは兵法の達人が相手の気組みを外すかのようでもあったが、その呆気《あっけ》なさに氏親は少し落胆した。

資康が上座に移動すると同時に、宗瑞が下座に退いた。宗瑞が傍らを去ると、何か寒々しい風が吹いてきたような気がし、氏親は心細くなった。

太田資康は、文明《ぶんめい》十八年（一四八六）に父の道灌《どうかん》が謀殺されて以来、山内陣営に身を投じていたが、延徳《えんとく》三年（一四九一）、定正と和解し、道寸と共に扇谷陣営に帰参した。資康は道寸の娘を正室に迎えており、道寸とは一連の行動を共にしていた。

「それでは評定を始める。物見《ものみ》の報告によると――」

敵味方の現況を資康が伝える。

資康は二十九歳の働き盛りだ。その鋭利な眼差《まなざ》しは道灌譲りの英明さをうかがわせる。

資康の状況説明が終わると、朝昌が話を引き取った。

「実は、公方からあつかい（和睦《わぼく》）の申し出があった」

朝昌の言葉にどよめきが起こった。

この話は、氏親や宗瑞だけでなく、江戸衆にも知らされていないようだ。

「治部殿ともよく話し合ったのだが、この場は公方の顔を立て、あつかいに応じようと思う」

――何を馬鹿な。

いかに温厚な氏親でも、声を上げそうになった。

――それでは何のために、われらは駿河から出てきたのだ。

しかし視線の端に捉えた宗瑞の顎が、かすかに左右に揺れるのを見て、氏親は言葉をのみ込んだ。

続いて、ざわめきを鎮めるかのように、宗瑞の鉄錆《てつさ》びた声が響いた。

「あつかいとは、よきご思案！」

　氏親は耳を疑った。

「伊勢殿が賛同してくれるなら話は早い」

　朝昌は満足げに微笑《ほほえ》み、座を立とうとした。

「あいや、お待ちあれ。しかし、そのよきご思案も条目次第」

　宗瑞は、その筋張った右手を大きく前に突き出し、周囲の動きを止めた。

「伊勢殿、無礼であろう。すでにわれらの意は決しておる！」

　宗瑞の不思議な圧力に抗《こう》するがごとく、道寸が喚いた。

「これは異なことを申される。あつかいとは、不利な方が譲歩してこそ成立する。敵方の譲歩なくしてあつかいなどに応じる必要はありませぬ」

「分かった。では、上州《じようしゆう》（顕定）の提示した条目を申そう」

　朝昌が言うには、朝良と顕定の間で国分《くにわけ》（国境の確定）の下交渉が行われ、顕定は荒川以北に撤退、古河公方は利根川以東に撤退し、南武蔵・相模の仕置《しおき》は朝良に任せるというものだった。

「それでは、開戦前に戻るだけではありませんか」

　宗瑞が声を荒らげると、それに応じるように、周囲からも不満の声が上がった。

「お待ちあれ」

今度は、太田資康が遮った。

「伊勢殿の申すことは真《まこと》にご尤《もっと》も。しかし今は、必ずしも当方に有利な戦局とは申せぬ。考えてもみよ。敵は越後勢や甲州勢の来援を心待ちにしている。当然、それを期待し、頑強《がんきょう》な抵抗を見せるはずだ。しかも普済寺は城郭なみの構えを持つ要害。われらが攻略に手間取れば、逆に背後の河越を突かれる恐れがある」

「それを危惧していては戦になりません。敵の後詰《ごづめ》が寄せてくる前に、普済寺を落とすべきです」

宗瑞は断固として言い張った。

「普済寺を攻めるわけにはまいらぬ。あれほどの名刹《めいさつ》を焼けば、仏のご加護が得られぬし、だいいち公方の御座所は攻められぬ」

朝昌が、同意を求めるような視線を周囲にさまよわせる。

――それゆえ顕定は、公方を担いで普済寺に入ったのだろう。

そんなことは、駆け引きに疎い氏親でさえ想像し得た。

「では上州を公方と離し、普済寺を焼かずに上州を攻め殺せばよろしいか」

「せ、攻め殺すと――」

「いかにも。そのために、われらは参集したのではありませんか」

宗瑞の視線に射すくめられた朝昌が口ごもったので、資康が後を引き取った。

「さようなことができるならやっていただこう。ここで上州を討つも討たぬも、伊勢殿の一存で行えばよい」

「それは、われらだけで戦えという謂《いい》ですか」

「いかにも」

「ほほう」

「期限は二十七日までとする。その日までに上州を討てなければ、翌日から和談を再開する」

資康は勝ち誇ったように続けた。

「われらは河越に、上田殿は江戸に引き取る。越後勢南下の雑説《ぞうせつ》もあり、われらは河越でそれに備えねばならん。江戸近辺では、千葉勢が蠢動《しゅんどう》しているという雑説もあり、江戸衆も帰さねばならぬ」

――それでは、われらは関東の真ん中で孤立するではないか。

さすがの氏親の顔にも朱が差したが、宗瑞は平然と言ってのけた。

「委細、承知仕《つかまつ》りました」

諸将が去った後、氏親と宗瑞は、その場に取り残された。

腕を組み沈思黙考する宗瑞に対し、たまらず氏親が問うた。

「叔父上には、きっと妙案があろう」

宗瑞は、おもむろに腕組みを解《と》くと言った。

「ありません」

「では、どうするつもりか」

「いずれにせよ心配はご無用。この頭は追いこまれれば追いこまれるほど、知恵が湧くようにできております。まずは枡形山に使いを出し、われらの兵を呼び寄せましょう」

すでに宗瑞の頭脳は回転を始めていた。


二十六日夕刻、普済寺に逼塞《ひっそく》していた顕定の許《もと》に朗報が届いた。

「それは真か」

床机を蹴倒《けたお》して顕定が立ち上がった。

物見の報告では、立河付近まで集まってきていた扇谷家河越衆と江戸衆が、それぞれ撤退に移ったというのだ。

「苦し紛れに出した和談の呼びかけに応じるとは。治部の馬鹿さ加減よ」

顕定が周囲に笑いかけたが、家宰の足利長尾景長《かげなが》は渋い顔のまま言い返した。

「とは申しても、駿河勢と伊豆勢は依然、高幡城に残っておりますぞ」

「それは殿軍《しんがり》だ。しかし油断はならぬ。まずは敵の出方を探るべし」

その夜、多くの物見が多摩川南岸に渡った。

四

二十六日深夜、突如として闇《やみ》から喊声《かんせい》が沸き上がった。

浅川南岸の葦《あし》の間に隠れ、監視の任に当たっていた山内家の物見の一人は、驚きのあまり、食べかけの握り飯を落としてしまった。

葦をかき分けて進んだ物見は、やっとの思いで敵の陣所が見える位置に至ると、そこで繰り広げられている光景に啞然《あぜん》とした。

敵陣が混乱を極めているのだ。

兵たちは口々に何か言い合い、物頭《ものがしら》が狂ったように指示を飛ばしている。その傍らでは、甲冑を慌てて着ける者がいる。

聞き耳を立て、やっと理解できた言葉に物見は驚愕《きょうがく》した。

「甲州勢来襲！」

物見は踵《きびす》を返し、葦の間に消えた。

知らせを受けた顕定は手を打って喜び、早速、出陣の仕度にかかった。

古河公方足利政氏も涙をこぼさんばかりに喜んだが、簗田《やなだ》や一色《いっしき》ら公方家老衆は疑念を隠さず、口々に「謀《ぼう》を打っているかも知れぬ。軽々しく動きめさるな」と言い募った。確かに、甲斐の武田信縄からは何の知らせも届いていない。

さすがの顕定も不審に思い、さらに多くの物見を走らせた。

物見は次々と戻り、顕定に同じ報告をした。すなわち、高幡山の山頂から南山麓にかけて、激しい戦いが繰り広げられているというのだ。

「ええい、馬を引けい！」

長尾景長ら重臣の止めるのも聞かず、顕定は自ら物見に出ることにした。

普済寺から馬を飛ばせば、高幡城を望める立河原までは、ほんの四半刻（約三十分）とかからない。

顕定は馬に鞭《むち》をくれた。

立河原は、多摩川と支流の浅川の造った巨大な三角洲だ。

顕定が堰堤《えんてい》の上からその三角洲を見渡すと、対岸では大篝火《おおかがりび》の下、すでに追い落とされたらしい敵兵が、手当てを受けている様が見えた。

——これを勝機と言わずして何と言う。

顕定は沸き立つ心を抑えて馬首《ばしゅ》を返すと、全速力で普済寺へとひた走った。

普済寺に戻った顕定は山内勢全軍に出陣を命じた。

出撃に難色を示す公方勢には、後詰として寺に残ってもらい、機を見て出てきてもらうことにした。

すでに敵の主力はこの地から去っており、敵方で近辺に残っているのは、高幡城に陣取る駿河勢と伊豆勢だけになっていた。甲州勢と共にこれを叩けば、その後の和睦交渉も有利に運ぶことは明白だ。敵は甲州勢の奇襲攻撃に遭い、すでに敗勢覆い難いものがある。まさに千載一遇《せんざいいちぐう》の機会が訪れたのだ。

山内勢が動き出した。

すでに夜は明け、樹叢《じゅそう》の間から漏れる朝日が、将兵の前立《まえだて》に照り返していた。

全軍の先頭に立って馬を飛ばした顕定は再び堰堤に駆け上がったが、そこで見た光景は、先ほどとは一変していた。

「これは――」

茫然《ぼうぜん》と立ち尽くす顕定の許に、長尾景長が追いついてきた。

「どうやら謀《たばか》られましたな」

そこには、整然と陣形を整えて今や遅しと開戦を待つ軍勢がいた。

「殿、敵はわれらをおびき出すために甲州勢来襲を装ったのでありましょう。ここで進めば敵の思うつぼです」

「それはそうだが――」

顕定は迷った。

「但馬《たじま》（景長）、あれに見えるは今川と伊勢の旗だけだ。今川は弱兵、伊勢は寡兵、恐るるに足らぬ」

「お待ちあれ。では、後詰の公方勢にも出陣してもらい、共に敵に向かいましょう」

「いや、敵は渡河したばかりで濡れ鼠《ねずみ》。体が重ければ、ろくな戦はできぬ。今が切所《せっしょ》（勝負所）だ！」

そう言い放つや、顕定は軍配を高く掲げた。

敵の先頭が堰堤の向こうから顔を出した。

――あれは上州では。

氏親が気づくと同時に、傍らの宗瑞が声をかけてきた。

「あれに見えるは上州に相違なし。ご覧あれ。かの御仁《ごじん》は必ずや攻め寄せてきます」

「なぜそう思う」

「かの者は戦にふりて（慣れて）おりまする。渡河した後で濡れ鼠となっている敵を襲うのは戦の常道」

「それでは、こちらにとって不利ではないか」

「河原石は十分に日を浴び、すでに熱いはず。配下には折り伏しておけと命じてあります」

「なるほどな」

前方を見やると、兵たちの間から水蒸気が立ち上《のぼ》り、陽炎《かげろう》となっている。

氏親は、宗瑞の知恵者ぶりにつくづく感心した。しかし、その世慣れた知恵がどれほど武略に結びついているかは、見当もつかない。

そう思う間もなく、敵は続々と河川敷に下り立ち、陣形を整え始めた。

「飛鳥《ひちょう》の陣で寄せるつもりだな。御屋形様、われらも陣形を整えます」

「よし」

氏親がうなずくと同時に、宗瑞が軍配を振り上げた。

「槍隊は鋒矢《ほうし》に、弓隊は箕形《みのがた》に展開せよ」

すぐさま陣形変更を知らせる旗が上がった。続いて、陣太鼓と鉦《かね》が独特の拍子を刻む。それに合わせて兵が動き出した。瞬く間に、周囲に砂塵が舞い上がる。

顕定が取った飛鳥の陣とは、まず前衛の突撃部隊を三分割し、その突進力で敵の陣を攪乱《かくらん》し、続いて中軍・後軍が無理押しに押すという、攻撃的な陣形だ。

一方、宗瑞の取った鋒矢の陣とは、足軽を鏃《やじり》の形に並べ、背後に騎馬武者を一の字の縦列にし、敵がたじろぐと見るや、前衛の徒士《かち》が左右へ開き、騎馬武者が突進するという陣形だ。

箕形の陣とは、鋒矢の陣の前面に布かれた半楕円形の陣のことだ。

箕とは当時の農具の一種で、その縁《へり》の形に由来する。すなわち、箕形となった弓隊の背後に長柄足軽が、さらにその背後に騎馬武者が配置されるという陣形になる。

氏親は緊張から喉《のど》が渇き、幾度となく竹筒を口に運んだ。

「そろそろでござるな」

宗瑞が床机から立ち上がり、茶人頭巾を兜《かぶと》に替えた。

氏親も小姓《こしょう》に合図し、兜をかぶり、甲冑の紐《ひも》を締め直させた。

その時、砂埃《すなぼこり》が巻き上がり、一瞬のうちに敵影がかき消された。

続いて喚き声と馬のいななきが聞こえてきた。

氏親は緊張し、武者震いが収まらない。

「ご安心めされよ」

宗瑞はわずかに笑みを浮かべたが、その声も常になく上ずっている。

敵は戦慣れした山内勢なのだ。歴戦の敵と比べれば、今川勢の戦場経験は少ない。

恃《たの》みとするのは、傍らにいる宗瑞の駆け引きだけだ。

「叔父上は、こうした野戦で幾度か軍配を執《と》ったことがあるのか」

場が場だけに、氏親は率直に問うた。

「ありません」

宗瑞が素《そ》っ気《け》なく答える。

そうこうしている間にも、敵の砂埃は迫ってきている。

息をのんでそれを見つめていると、その中から無数の矢が放たれた。

敵は騎乗で矢を射ることに長《た》けた者が多いらしく、こちらの作った木柵を射程に捉《とら》えるや、容赦なく矢の雨を降らせてきた。

前衛陣の弓隊は宗瑞の手勢が担っているが、すでに敵を射程内に捉えているにもかかわらず、いまだ応射する気配はない。固く折り伏し攻撃命令を待っているのだ。

雑多な兵で構成された軍勢とは思えぬほどの忍耐強さだ。

「叔父上――」

さすがに不安になった氏親が宗瑞の顔色をうかがった。

「そろそろ頃合《ころあい》ですな」

宗瑞が氏親から預かった軍配を振り下ろした。

それを待っていたかのように、高らかに法螺貝《ほらがい》が吹き鳴らされ、味方から喊声が上がる。不安と緊張に押し潰《つぶ》されそうになっていた本陣も一気に色めきたった。

続いて懸り太鼓の低い響きと、鉦《かね》のけたたましい音が発せられると、前衛の弓隊が、折り伏しの姿勢から一斉に立ち上がった。

味方の反撃が始まった。

しかし反撃と言っても、弓隊は矢を射るわけではなく、前衛陣地を取り巻く木柵の中から石礫《いしつぶて》を投げるだけだ。

「御屋形様、ここは河原ゆえ、石だけは尽きぬほどあります。敵は石を投げたくとも、馬上では、どうしようもありません。矢が尽きれば後方に退くほかありません」

「さように都合よく行くものか」

「馬は石を嫌います。馬には、上空から降る矢は見えませぬが、石は見えます。石を見た馬は騎手に抗《あらが》い、行き脚が鈍ります」

宗瑞の言う通り、敵の突進力が衰えたように感じられた。

敵騎馬隊は豪雨のような石礫に阻まれ、矢を遠くから射掛けることに終始し、木柵に近づくことができない。

ちなみに室町末期に至り、東国では飛礫打《つぶてうち》が緒戦《しょせん》の矢合わせに代わるものとして出現する。足軽が戦場の主力となりつつあるこの時代、石礫を武器として敵陣に突入させたのだ。

しかし石は重いので、数多く持つと動きが鈍る。緩慢な動きは戦場で命取りだ。そのため足軽は、打飼袋《うちがいぶくろ》にせいぜい十程度の拳大《こぶしだい》の石を詰め、腰に提げて戦場に突入した。

しかし、石に事欠かない河原であれば話は別だ。

轟然《ごうぜん》と降り注ぐ石礫の雨に圧倒された敵騎馬隊が引いていく。

砂埃が収まると、そこかしこに昏倒《こんとう》した人馬が蠢《うごめ》いている。石礫は予想以上の戦果を上げていた。

宗瑞の知恵一つで敵の第一波は乗り切れた。しかし正念場は、ここからだ。

本陣が一時《いっとき》の安堵に包まれていると、使番が走り込み、前衛陣地を守る高橋左近将監《たかはしさこんしょうげん》高種《たかたね》の口上を伝えてきた。

「総懸りの機《しお》来たりと認む。いかが」

最前線の木柵にいる高橋高種は、敵の第一波がほうほうの体《てい》で逃げ去るのを見て、追撃を打診してきた。しかし、宗瑞は断固として首を左右に振った。

「左近将監に伝えよ。手はず通り、敵の第二波を防ぎきった後、総懸りせよ」

宗瑞は、あくまで自らの計画通りに事を運ぶつもりでいるようだ。

「叔父上、敵はたじろいでおる。今こそ崩す好機と見るが」

「実蒔原《さねまきはら》合戦の折、敵の第一波をやり過ごした刑部少輔《ぎょうぶのしょうゆう》（朝昌）が、調子に乗って城を出て追撃を開始し、敵の第二波に包囲され、手痛い目に遭《お》うております。上州は第一波に騎乗の弓上手を配置し、敵をひるませた後、第二波に精鋭の騎馬武者を置き、敵陣を乗り崩します。そして第三波の槍隊、その後方の馬廻で、勝利を確かなものとする戦術を好みます。その波状攻撃を破る術は一つ――」

宗瑞は突き出た頬骨《ほおぼね》を幾分か反らして言った。

「第二波の騎馬と第三波の徒士《かち》の速度差を突くこと」

「どういうことか」

「徒士の槍隊が駆けつける前に、後退する騎馬隊の後備《うしろぞなえ》を突き崩し、逃げる騎馬隊と共に敵陣に突入させます。さすれば敵の強力な槍隊は混乱し、その威力を半減させます。常の場合、騎馬と徒士の速度差はさほどでもないので、槍隊が騎馬の援護に間に合います。馬廻も敵を矢比《やごろ》（射程）に捉えるでしょう。それゆえ騎馬隊は崩壊しません。しかしここは河原、しかも石粒は大きい」

「つまり、徒士は常の速度で走れず普段より遅れる。その間隙《かんげき》を縫い、敵を突き崩すというのか」

「いかにも。人の足は、馬の脚のように頑丈ではありません。この石なら草鞋《わらじ》も切れるでしょう」

宗瑞が立河原を決戦場に選んだ理由が、これで分かった。

すべての鍵は河原石にあったのだ。

「こんなつまらぬものに――」

「関東管領《かんとうかんれい》は足をすくわれます」

果たして、戦局は宗瑞の思惑通りに進んだ。

第二波の敵騎馬隊は前衛陣地を崩すことができずに撤退を開始、それを追うように味方の騎馬隊が出撃した。常であらば、すでに前線で騎馬隊を援護しているはずの徒士隊が大きく遅れ、騎馬隊は追い立てられる恰好《かっこう》になった。これを見た徒士隊は動揺し、一気に潰乱《かいらん》した。

「どうなっておるのだ!」

眼前で繰り広げられる光景に、顕定は愕然とした。

自慢の上州兵が為すところなく崩されたのだ。しかも、ここ数日の閉塞状況は将兵に常以上の恐怖心を植え付けていたらしく、その崩れ方も尋常ではなかった。

こうなってしまっては、陣形を立て直すことはままならない。

「殿、すでにお味方は崩れました。ここはいったん兵を退き、再起を期すべきかと」

「但馬、わしは負けたのか。わが兵が今川ごときに負けたのか」

顕定が悄然《しょうぜん》と肩を落とすのを見た長尾景長は、顕定の馬の尻に一鞭《むち》くれた。馬が顕定を乗せて走り去ると、それを追って供回りも駆け去った。

戦場に残された景長は、逃げ帰る味方兵を収容しつつ、退《の》き陣に移った。

山内勢は散《ち》り散《ぢ》りになりながらも普済寺に逃げ戻った。後詰の役割を担っていたはずの公方勢は、この敗戦に恐怖し、一兵たりとも普済寺から出なかった。

この戦いで、山内方は千八百余の戦死者を出した。その被害者数は鉄炮の普及していない当時としては、稀有《けう》な戦死者数だった。さらに顕定は、重臣の犬懸《いぬかけ》長尾房清《ふさきよ》（憲景《のりかげ》）・景明（六郎）父子、上野《こうずけ》の有力国衆・長野孫六郎房兼《ふさかね》ら、名ある武将の多くを失った。

『宗長手記』によると、「数刻《すうこく》の合戦、敵（顕定）討ち負て本陣立川に退き、その夜行方《ゆくえ》しらず、二千余討死《うちじに》討（打）ち捨て、生け捕り・馬・物の具、充満す」とある。

五

「それは真《まこと》か」

この勝報に最も驚いたのは、河越城に戻る途中の扇谷上杉朝良らだった。

まさに、労せずして大勝が転がり込んできたことになる。

「この機に鉢形まで仕寄《しよ》り、上州の首をいただきましょう」

機を見るに敏な太田資康と三浦道寸が強く進言したが、朝良はそれを退《しりぞ》けた。朝良は、山内上杉家を滅ぼすなど考えてもいなかった。この勝利を元手に顕定から譲歩を勝ち取り、武蔵一国の領有権を確保することで十分だと思っていたからだ。

結局、朝良は勢力図を大きく塗り替えるほどの変革を望んでいなかった。

すみやかに追撃中止の命令が全軍に伝達された。


「承知いたした」

追撃中止命令を知らせる使者の口上に、宗瑞は苦笑で答えた。

「考えてみれば、この勝利も治部殿には迷惑だったのかもしれませぬ。彼らのあつかいの方針に反して戦ったのですから」

宗瑞が半ば呆《あき》れたように氏親に言った。

「御屋形様、よく戦った兵のために、われらはわれらの懐から報いてやらねばなりませぬな」

「それはそうだが、わしは戦が馬鹿馬鹿しくなった」

「戦とは本来さようなものです」

氏親は恩賞のことなどどうでもよかった。配下には金山から産出された黄金を与えればいいだけのことだ。それより宗瑞の戦術が、まんまと図に当たったことが不思議でならなかった。

「叔父上は、どうして敵の心が読める」

「無駄に年を取っているわけではありませんので」

宗瑞がさも当然のごとく言った。

「さようなものか」

「御屋形様、首実検が済み次第、駿河に帰りましょう」

「ああ、そうしよう」

関東の複雑な政局と、大義のない戦いに明け暮れる将たちにうんざりしていた氏親は、力強くうなずいた。

その後、宗瑞と氏親は鎌倉街道上道《かみのみち》を南下し、古都鎌倉に入ると、その二日後、軍勢を先に帰し、初冬の東海道を西に向かった。小田原を経て熱海に入った二人は、しばらくの間、そこにとどまり湯治《とうじ》することにした。

その晩年、氏親は熱海の湯に浸《つ》かりつつ、宗瑞が語った話を幾度も思い起こした。

「この世は乱れきっております。武将たちは権力の奪い合いに血道を上げ、民のことなど気にも留めません。となれば、誰かが民のために立たねばなりません。この国のすべてを変えていくことは、それがし一己《いっこ》の力ではとても叶いませんが、関東だけなら何とかなるやもしれません。それゆえ、それがしは東に進むことにいたします」

「わしはどうする」

宗瑞が遠くに去ってしまうと聞いた氏親は、急に不安になった。

「御屋形様は、この乱れた世にあって『稀《まれ》なる人』となられよ」

「『稀なる人』と――」

宗瑞は言葉を嚙《か》みしめるように語った。

「稀なる人」とは、欲得ずくの権力者たちから超然とした立場に身を置き、自らの領国と民のことばかりを考えられる領主のことだという。そして、それを実現できるのは、人格・血統・地勢的に、氏親を措《お》いてほかにいないということだった。

「そうは申しても、遠江の斯波《しば》、甲斐の武田、信濃の小笠原などが、虎視眈々《こしたんたん》とわが領国を狙っている」

「むろん、そうした輩《やから》とは戦うべし。ただし、大義のある戦だけに応ずべし」

「それで、国が保てるのか」

「益体《やくたい》なき東西の政争に絡む戦には加わらぬこと。さすれば国は保てます」

「それでは、此度《こたび》はなぜ、わしを呼んだ」

氏親は宗瑞の言葉に矛盾を感じた。

「御屋形様に私利私欲だけで戦う者どもの愚かしさを知っていただきたかったからです。さらに関東において、今川強しを印象づけることが、後々の切留《きりどめ》（抑止力）になりましょう」

「そういうことか」

「それゆえ、それがしは駿遠《すんえん》の兵をほとんど損なわず、此度《こたび》の戦を勝ち抜くつもりでいました」

宗瑞が自らに課した勝利の条件が、寺を焼かず、公方を攻めず、顕定を痛撃するというだけでなく、駿遠の兵をほとんど損なわずに勝つということまで含まれていたことを、この時、氏親は知った。

「叔父上は、それを見事に成し遂げたのだな」

「天運があったのでしょう」

「しかし、わしはそれでいいとしても、混迷する関東に、叔父上は一人で乗り出すというのか」

「それがしは、その中にどっぷりと浸かり、彼らを一掃する所存」

「それ以外に、関東に静謐《せいひつ》をもたらす術はないと」

「いかにも。愚か者どもは現状の支配構造を大きく変えることを好まず、寸土を奪い合うことに血道を上げております。これでは、いつまで経っても戦乱はやみません。

それがしが関東に乗り出し、彼奴《きゃっ》らに鉄槌《てっつい》を振るわぬ限り、戦火は永劫《えいごう》に続くことでありましょう。ところが——」

駿河は違う、と宗瑞は続けた。

都から遠く、東は箱根山に遮られている駿河は、東西の戦火をこうむらない絶好の位置にあり、統治者が超然としていれば、静謐がおのずと訪れるというのだ。

「そういうものか」

氏親は宗瑞の説く「稀なる人」、すなわち超然とした人になろうと思った。

それが、自分にはふさわしい気もした。

宗瑞の招きに応じた氏親は、丹那《たんな》越《ご》えの道で韮山《にらやま》に入り、しばし陣労《じんろう》を癒した後、十一月、駿府に帰った。

氏親の凱旋《がいせん》に、駿府は沸き立っていた。

一門・重臣・食客《しょっかく》たちは居並んで氏親を迎え、華やかな帰陣式が催された。祝宴は連日続き、連歌師宗長《そうちょう》による大規模な連歌会《れんがえ》も開かれた。

氏親は、人々が強い統治者を求めていることを、この時知った。しかし彼にとって、そんなことは、もはやどうでもよいことだった。

氏親は強い人でなく、「稀なる人」になろうと決めていたからだ。

六

永正四年（一五〇七）春、氏親は藤原北家《ほっけ》勧修寺《かじゅうじ》流中御門家《なかみかどけ》から正室を迎えた。由緒正しい公家《くげ》の娘を正室に迎えることは、氏親の念願でもあった。

三十五歳という、当時としてはかなりの晩婚であったのは、政略目的で持ち込まれる近隣大名からの縁談を断ってきたからだ。

この縁談は、二年ほど前に誼《よしみ》を通じた将軍義尹《よしただ》（元将軍義材《よしき》、後に義稙《よしたね》と改名）の口利きによるものだった。

前将軍の義澄《よしずみ》派から義尹派への鞍替《くらが》えも、この縁談も、すべてはあの叔父のおかげだった。翌年、氏親は将軍義尹から遠江守護職も拝領することになる。

平凡だが、穏やかな日常が戻ってきた。

時はあたかも春、今川家の駿府館は暖かい陽光に包まれていた。

「御屋形様、皆がお待ちです」

「うむ」

氏親が襖《ふすま》を開けると、広縁《ひろえん》に新妻《にいづま》が控えていた。

「今日は暖かいな」

「はい、桜も満開になりました」

妻を伴い、氏親は皆の待つ大書院に向かった。

この日は、妻の兄にあたる中御門宣秀《のぶひで》と、その子宣綱《のぶつな》が駿府に移住することになり、それを祝した連歌会が催《もよお》されることになっていた。

大書院に向かう途中、渡り廊下から見える富士が、この日はことさら雄大に感じられた。

富士は、咲き乱れる庭の桜の間から、その雄姿をのぞかせていた。

氏親は立ち止まり、しばし富士に見とれた。

――富士は孤高《ここう》の山だ。あの富士のように、周囲の喧騒《けんそう》に左右されず超然としていかねばならぬ。

氏親は新妻に問うた。

「わが家も、あの富士のようにこの地に根を張り、子々孫々まで栄えていけるだろうか」

「何を仰せです。伊豆の叔父上の言う通りになさっておれば、今川家の春は永遠に続くと仰せになったのは、あなた様ではありませんか」

「いかにも、そうだったな」

その時、微風が吹き、桜の花が園池《えんち》に舞い降りた。
極楽浄土と見まがうばかりの光景が眼前に広がった。
この時、あらためて氏親は己と今川家の進むべき道を覚った。

同じ頃、上方では、応仁《おうにん》・文明《ぶんめい》の乱の余燼《よじん》が燻《くすぶ》り、その影響は周辺諸国にも徐々に広がっていった。関東でも、古河公方と上杉一門という対立軸が様々に変化し、それがまた新たな戦乱を呼び、周辺諸国を巻き込んでいった。

氏親は、こうした東西の争乱とは一線を画した超然とした立場を貫き通した。亡父義忠の念願だった遠江領有を名実ともに成し遂げた氏親は、東三河までその勢力圏を拡大させた。しかし、そのどれもが防衛戦争の域を出なかった。そのため今川領国だけは東西争乱の緩衝《かんしょう》地帯となり、稀有《けう》の平和都市駿府が誕生した。

氏親のおかげで、戦国の世にあって駿府は奇跡的な繁栄を成し遂げ、小京都と呼ばれるほどの絢爛《けんらん》たる文化を花開かせたのだ。

戦乱に倦《う》んだ京の公家たちは、次々と駿府に下ってきた。氏親の姉の夫《おっと》にあたる正親町三条実望《さねもち》、その子公兄《きんえ》、中御門宣秀《なかみかどのぶひで》、その子宣綱《のぶつな》、当時の和歌の第一人者の冷泉《れいぜい》為和《ためかず》、『言継卿記《ときつぐきょうき》』で著名な山科《やましな》言継、蹴鞠《けまり》の名人の飛鳥井雅綱《あすかいまさつな》らが氏親の取り巻きとなっていった。

領国経営も軌道に乗り、今川家は、都の文化人をいくらでも引き受けるほど豊かな財力を誇る戦国大名に成長していった。

さらに氏親は分国法「今川仮名目録《かなもくろく》」を制定し、内政の充実も図った。氏親は「稀なる人」となり、戦乱とは縁遠い「稀なる都」駿府を創ったのだ。

大永《だいえい》六年（一五二六）、氏親は五十四歳でこの世を去った。中風を患《わずら》っていたという。宗瑞が鬼籍に入ってから、すでに七年が経過していた。

幼少時の危機を別とすれば、極めて順風満帆《じゅんぷうまんぱん》な人生を歩んだ氏親の人生そのものが、当時としては、まさに「稀なるもの」だったと言えるだろう。

# かわらけ

# 一

すべて焼けてしまった。

本堂も本尊も灰となり、眼前にあるのは、首のない父の亡骸《なきがら》だけだ。

妙謙《みょうけん》は焼け跡に佇《たたず》み、ただ茫然《ぼうぜん》としていた。

どれくらい時間が経っただろうか。気づけば朝になっていた。

「おぬしは、この寺の者か」

背後からかかった声に振り向くと、兵が満ちていた。寺を焼いた三浦勢が戻ってきたのかと思ったが、よく見ると旗印が違う。

兵たちの中央に、一人の男が立っていた。

妙謙は焦点の合わない目で、その男を見返した。

長身痩軀《そうく》のその男は、麻晒《あさざらし》の帷子《かたびら》の上に小袖を羽織《はお》っただけの軽装で、妙謙を見下ろしていた。

妙謙が唖然としていると、男は無言で竹筒を差し出した。

恐る恐るそれを手に取り一口飲むと、喩《たと》えようもなくうまかった。

己《おのれ》の咽《のど》に張り付いた煤《すす》の味がしたが、渇きには勝てず、妙謙は竹筒の水を一気に飲み干した。

「すべて焼かれてしまったのだな」

「はっ、はい――」

咽の奥から、己のものとは思えぬ嗄《か》れた声が搾《しぼ》り出された。

「住持《じゅうじ》は斬られたのか」

「押し入ってきた三浦の武将に斬られました。拙僧《せっそう》は武将の足に取りすがり、父の命乞いをしましたが、聞き入れてもらえませんでした」

「今、父と申したか」

「はい、この骸《むくろ》はわが父です。首は『こちらで供養する』と一方的に告げられ、持ち去られました」

「そうか」

男は何かを考えているようだった。

妙謙は思い出したかのように父の遺骸ににじり寄り、経を唱えた。

「ときに、そなたはいくつになる」

「二十と一です」

誦経《ずきょう》を途中でやめた妙謙は、あらためて男を顧みた。

鼻梁《びりょう》が鋭く隆起し、眼窩《がんか》が谷のように落ち込み、頬骨《ほおぼね》が岩塊のように突き出たその面相は、深遠なる悟りに達した古刹《こさつ》の高僧を思わせる威厳に満ちていた。

妙謙は無意識裡《り》に、その男に手を合わせていた。

「もうよい」

男はそう言うと妙謙を抱き起こした。

「おぬしの名は」

「妙謙と申します」

「行くあてなどなかろう」

「はい」

「われらと共に来い。これからは忙しくなるので、僧はいくらでも要る」

「して、あなた様は」

男はなぜか空を見上げた。

無風の空には、黒煙が真直《まっすぐ》に立ち昇り、その先に無数の筋雲がたなびいていた。

「わしの名は伊勢新九郎《いせしんくろう》、またの名を早雲庵宗瑞と申す」
この時から妙謙は、伊勢宗瑞なる男が率いる軍勢の陣僧となった。

妙謙の寺は逗子沼間《ずしぬまま》の谷戸《やと》にあった。法巌寺《ほうがんじ》という厳《いか》めしい名がついていたが、小さな寺だった。明応《めいおう》三年（一四九四）頃、父が自費で建立したという。どこにそんな金があったのか、どこからそんな金が出たのか、妙謙には見当もつかなかったが、父がかつて、それなりの地位にいた人物だったということは察せられた。

一年に一度くらいの頻度で、眼光の鋭い武将が来訪することからも、それは分かった。

武将はわずかな供回《ともまわ》りを連れ、顔まで覆った法師頭巾をかぶり、周囲を警戒するような目つきでやってきた。そして父と語らった後、慌ただしく去っていくのが常だった。

幼い妙謙は、頭巾からのぞくその鋭い眼光が恐ろしくてならなかった。

父がこの寺の住持となった頃、妙謙はまだ二歳だった。母は死んだと聞いていたが、寺の建立資金のことも、母のことも、父はそれ以降も一切、語ろうとしなかった。

父は、いつも穏やかな笑みを浮かべている人物だった。妙謙を叱ったことさえなく、民からも慕われていた。

しかし昨夜、三浦勢が押し入り、その将らしき者が丁重に促すと、父は名ある武士のごとく、泰然とした態度で座に着き、従容《しょうよう》として首を差し伸べた。

虫も殺せぬような父がなぜ、あれだけ酷《むご》く殺されねばならなかったのか、僧にすぎない父がなぜ穏やかに首を差し出したのか、近隣の寺や社《やしろ》が焼かれなかったにもかかわらず、なぜ父の寺だけが焼かれたのか。

妙謙には分からないことだらけだった。

父は最期の時、三浦の武将からしばしの猶予《ゆうよ》をもらい、妙謙と共に本尊に経を上げた。その時のことを、妙謙はいつまでも忘れなかった。

「三浦殿は、そなたの命までは奪わぬという。そなたは何も考えず、どこか遠い地に移り、仏に仕えよ」

「いったいわれらには、いかなる過去があるのでしょうか」

「それは聞くな。そなたは今日この時から、ただの『かわらけ』となれ」

「『かわらけ』と仰せか」

「そうだ」

「かわらけ」とは、土をこねて造られた杯《さかずき》や灯明皿《とうみょうざら》のことだ。釉《うわぐすり》もかけられない素焼きの陶器として、おもに祭事のために大量に造られ、一回限り使われただけで割って捨てられる。そうするのは災厄を祓《はら》うためだ。

「父上は、『かわらけ』となれませぬか」

妙謙の瞳に涙が溢《あふ》れた。

「わしはずっと『かわらけ』だった。できることなら、そのまま『かわらけ』でいたかった。しかし周りは、それを許さなかった」

「なぜですか」

妙謙は父の膝《ひざ》に取りすがった。

「いいか妙謙、余計なことを考えず、ただ『かわらけ』となれ」

そう言い残して、父は死んでいった。

父を殺した後、三浦の武将が言った。

「妙謙殿、貴殿が過去を断ち切るためには、この寺を焼かねばならぬ。それは父上の願いでもある」

武将は「父から預かった」と言いながら、いくばくかの金銭を妙謙の懐にねじ込むと、父の首を丁重に白木の箱に入れ、最後にもう一度、念押しした。

「何があっても過去を振り返ってはならぬ。そして、いち早く三浦の地から去られよ。それが父上のご遺言であることをお忘れなく」

寺の諸所に火を放つと、三浦勢は風のように去っていった。

二

その日の午後、逗子小坪《こつぼ》の住吉城で三浦勢と伊勢勢が激突した。

三浦勢主力は当主の三浦介入道道寸《どうすん》と共に南に去っており、殿軍《しんがり》勢だけでは伊勢勢に抗《あらが》う術もなかった。

半日の戦いの後、紅蓮《ぐれん》の炎に包まれ、住吉の城は落ちた。

戦の後、逗子の札辻には、半ば焼け焦げた武士たちの首が晒されていた。

その中の一つは、あの武将のものだった。

それを見た妙謙は一瞬だけ因果応報を思ったが、次の瞬間には己の考えを恥じ、首の前で懸命に経を唱え、武将の成仏を祈った。

永正《えいしょう》十年（一五一三）四月、三浦半島を南下した伊勢勢は三浦勢を新井《あらい》城に追い込んだ。

ところが、連日連夜にわたる猛攻にもかかわらず、三浦勢は容易に屈しなかった。

攻撃が一段落する度に、妙謙のいる後方陣地には、おびただしい数の死傷者が運ばれてきた。

陣僧となった妙謙の役割は、死を目前にした者に対して死の恐怖を和《やわ》らげ、共に経を唱えることと、すでに死んだ者を供養・埋葬することだ。しかし激戦ともなれば、それで済むはずもなく、次々と担《かつ》ぎ込まれる負傷者の金創《きんそう》（外科施療）も手伝う。妙謙は手先が器用なため、桑の葉の細い繊維を使い、負傷者の傷口を見事に縫合した。

こうした仕事は初めてだったが、父から聞いていた金創術や血縛法《ちしばりほう》（止血法）、また金創薬や問薬《といぐすり》（気付薬）の調合法が役に立った。

妙謙の薬の原料は蓬《よもぎ》や忍冬《すいかずら》の葉、葛《くず》や当帰《とうき》の根など、三浦半島に繁茂《はんも》する草木《そうもく》から採られたものが大半で、探すのが容易だった。しかもすこぶる効き目もあり、周囲から珍重《ちんちょう》された。

今となっては知る由《よし》もないが、いかなる理由からか、父は戦場に関する諸事に詳しかった。それが妙謙の身を助けた。

伊勢陣営にとって、妙謙はなくてはならない存在となっていったが、伊勢勢の新井城攻めは、遅々として進まなかった。

『北条五代記』によると、新井城は「周囲三十余町に垣を籠《こ》め、東一方ばかりこそ僅《わず》かに陸地に続きけれ。三方は入海の島城にて白波岸を洗い、峯高き羊腸《ようちょう》の山坂、鳥ならでは翔《かけ》り難く、厳峙《げんじ》したる雁歯《がんし》の険しき。獣といえども、通るに疲れぬべし。たとい百万の勢をもって向かうとも、力攻めはなし難し」という有様だったという。

ちなみに当時、海面は今より三メートルほど高く、南の荒井浜、北の胴網《どうあみ》海岸、東の横堀海岸一帯の岩礁《がんしょう》は海中に没していたという。したがって、この城に海から近づくことは困難で、唯一の攻め口は陸続きの東側だけだった。

その陸続きの東側も、尾根が最も狭まる地峡《ちきょう》の部分に何ヵ所か堀切を入れていたので、まさに難攻不落の名に恥じない名城となっていた。

この城の主こそ三浦一族である。

宝治《ほうじ》元年（一二四七）六月、三浦一族は執権北条時頼の外戚《がいせき》にあたる安達景盛の謀略にかかり、北条家との開戦に踏み切った（宝治合戦）。

この戦いに敗れ、三浦宗家《そうけ》は滅亡した。しかしこの時、庶流の佐原盛連《もりつら》の息子たちだけは北条家に味方したため、家名存続を許された。盛連の息子の盛時が道寸に連なる佐原流三浦一族の祖となる。ところが三浦介を襲名したにもかかわらず、佐原盛時は相模守護職《さがみしゅごしき》を取り戻すには至らず、所領も大幅に削られたため、本拠を衣笠《きぬがさ》城から新井城に移さざるを得なかった。

三浦一族は三浦半島の南端に押し込められる恰好《かっこう》となった。

三

伊勢宗瑞は海陸から新井城を封鎖し、「干殺《ひごろ》し」という戦法を取った。いわゆる兵糧攻めのことだ。しかし新井城周辺の複雑な岩礁を熟知している三浦勢は、夜陰《やいん》に紛れて小舟を漕ぎ出し、外部から補給を続けた。

伊勢方には、それを阻止する術がなく、包囲網は笊《ざる》で水をすくうがごときものとなっていた。

籠城《ろうじよう》開始から半年後の永正十年（一五一三）九月、伊勢陣営に慌ただしい空気が漂い始めた。

噂によると、いよいよ扇谷《おうぎがやつ》勢が動き出したという。

扇谷上杉家は三浦一族の主筋《しゆすじ》にあたる有力守護大名だが、三浦道寸は若き扇谷家当主の朝良《ともよし》を軽んじ、半ば強引に相模中郡・東郡の領有化を推し進めた経緯《いきさつ》があった。

そのため朝良は、三浦一族存亡の危機にも、そ知らぬふりをしていた。しかもこの頃、古河公方《こがくぼう》父子間の対立が軍事衝突に発展しつつあり（永正の乱）、扇谷勢主力は北武蔵に釘付けにされていた。

しかし、このまま傍観を続けて三浦一族が滅亡でもすれば、扇谷家は背後を脅かされる。朝良は重臣の太田資康《すけやす》を将として新井城の救援に赴かせた。

資康は太田道灌《どうかん》の嫡男にあたり、道灌が扇谷上杉定正《さだまさ》に謀殺された後、山内《やまのうち》上杉家に属して定正と戦った。その時、歩《ほ》を一《いつ》にしたのが岳父《がくふ》道寸だった。この時の道寸の援助なくして、太田家の家名存続はなかったと言ってもよい。

大恩ある岳父の危機を、資康が見過ごすわけがなかった。

一万の軍勢を率いて江戸城を発した資康は、九月中旬には鎌倉に迫った。


妙謙は次々と出陣していく伊勢勢を見送りながら、今後、容易ならざる戦いが繰り広げられるであろうことを予感した。

一時は関東制覇も夢ではなかった扇谷家に、徒手《と》空拳《しゆくうけん》から身を起こした伊勢宗瑞なる者が勝てるはずもないと皆が噂していたからだ。しかも敵の軍配を執るのは、かの道灌の薫陶《くんとう》を受けた若き名将・太田資康なのだ。

出陣して行く将兵の顔には、悲痛な色が溢《あふ》れていた。

妙謙は負けを覚悟した。

その時、隊列の中に宗瑞を見つけた。

宗瑞は裾《すそ》の破れた僧衣に色あせた袈裟《けさ》を掛けただけの簡素な姿で、のんびりと馬の背に揺られていた。

案に相違して、宗瑞の顔色は常と変わらず、余裕さえ感じられた。

その姿に、妙謙は一条の光明を見出した。


主力勢が去った後の留守居《るすい》部隊には、緊張が走っていた。手薄になった包囲陣を突破せんと、三浦勢が決死の反撃を試みるに違いないからだ。

宗瑞が去った翌日、予想通り三浦勢は城の大手門を開けて突出してきた。しかし新井城は守るに堅いが、出戦《でいくさ》には不向きな城だ。堀切に木橋を掛け、そこを渡りつつ戦うことになるため、三浦勢も兵力の集中がままならない。

結局、大堀切をめぐり一進一退の攻防が繰り返されるだけで、三浦勢も失地挽回《ばんかい》には至らなかった。

三浦勢の断続的な攻撃が繰り返されていた九月下旬、新井城包囲陣に宗瑞から勝報がもたらされた。

陣内は沸き返った。

次々と戻る将兵の話によると、玉縄《たまなわ》近郊で激突した両軍は互いに一歩も引かず、連日にわたり周辺各地で激戦が繰り広げられたという。しかし、玉縄城という防御陣地を構築していたことで、伊勢勢が次第に押し勝ち、遂に粟船《あわふな》（大船《おおふな》）の戦いで決定的な勝利を得たという。この戦いで、太田資康は討ち死にし、残兵は江戸城目指して壊《かい》走《そう》したとのことだった。

やがて、出陣した時とさして変わらぬ姿で宗瑞が戻ってきた。

留守居部隊の健闘を称えた宗瑞は、群衆の中に妙謙を見つけると近寄ってきた。

戦において何の功もない妙謙は呆気《あっけ》に取られた。

当の宗瑞は、そんなことにお構いなしで妙謙に近づくと、耳元に口を寄せた。

「いよいよ貴殿の出番だ」

妙謙には、その言葉の意味が摑めず、何と返していいか分からなかった。

宗瑞は意味ありげに笑うと、歓喜に沸き立つ将兵の中に消えていった。


室町中期に三浦家当主となったのが、道寸の先々代にあたる時高だ。

時高が当主となって間もない応永《おうえい》二十三年（一四一六）、上杉禅秀《ぜんしゅう》の乱が起こった。形勢を観望した後、時高は関東公方《くぼう》・足利持氏《もちうじ》に味方したが、戦が持氏の勝利で終わった後、時高は日和見した罪を問われ、先祖が取り戻していた相模守護職を罷免《ひめん》された。

永享《えいきょう》十年（一四三八）、永享の乱が勃発すると、関東公方派だった時高は、形勢不利と見るや、任されていた鎌倉防衛の任を放り出し、上杉方に転じた。時高の思惑通り、戦いは上杉方が勝利を収めたが、時高の土壇場での内応は報いられず、相模守護職を扇谷上杉持朝に持っていかれた。

永享十二年（一四四〇）には、公方持氏の遺児たちが結城氏朝ら北関東国衆に擁立《ようりつ》されて結城合戦が勃発した。この合戦は持朝らの活躍によって上杉方が勝利するが、この戦いでも三浦一族は終始、上杉方として行動した。この争乱の後、時高は自らの政治生命と一族の命運を扇谷家に託すことにする。

宝徳《ほうとく》二年（一四五〇）頃、時高は持朝次男の弾正小弼《だんじょうしょうひつ》高救《たかひら》を養子に迎える。同時に、西相模の有力国衆・大森氏頼《うじより》の娘をその正室に迎えた。

時高には別に子もいたが、家名存続のため、当時の南関東において最有力の二家から婿と嫁を取ったのだ。そして享徳《きょうとく》二年（一四五三）、この二人の間に待望の嫡男が生まれる。それが三浦義同《よしあつ》こと、後の瑞雲庵《ずいうんあん》道寸だった。

扇谷勢が大敗し、太田資康が討ち死にしたことを伝えるべく、宗瑞は城内に使僧を送った。資康の塩漬け首を見せ、降伏開城を勧《すす》めることが目的だった。ところが、資康の首を奪われた使僧は、両耳を削《そ》がれて送り返されてきた。

「聞く耳を持たぬ」という謂だ。

これを見た宗瑞は三浦一族の不退転の覚悟を知り、再び総懸《そうがか》りを試みたが、堀の中に屍《しかばね》を重ねるだけで、またしても大手を破ることはできなかった。三浦勢はすでに死を覚悟しているためか、以前にも増して士気旺盛だった。

事態の打開が図られぬまま、永正十二年（一五一五）を迎えた。

宗瑞は力攻めをあきらめ、再び「干殺し」に転じたが、神出鬼没の三浦水軍に翻弄《ほんろう》され、海上補給を断つことができない。そのためこの年、宗瑞は三浦水軍つぶしに奔走する。その甲斐《かい》あって、新井城への補給活動が徐々に先細ってきた。

この頃、隣国駿河《するが》の今川氏親は、斯波《しば》一族と合戦に及んでいた。すなわち今川家の援軍を得られないので、宗瑞はにわか仕立ての自軍だけで、三浦一族の始末をつけねばならなかった。

永正十三年（一五一六）五月、それを知った朝良は、養子朝興《ともおき》を大将として、三千余の兵を差し向けてきた。朝興は鎌倉道を進み、策源地として岡津城を取り立てた。玉縄城に拠《よ》る伊勢勢二千余との距離は一里弱（三キロ）だ。

五月下旬、玉縄城際まで攻め寄せた上杉勢を伊勢勢が迎え撃つ形で、両軍の戦いが始まる。

軍記物の記述によると、宗瑞は次々と新手《あらて》を繰り出し、敵方の堅固な陣から突き崩し、短時間で敗勢を挽回したという。

おそらく緒戦《しょせん》は、攻め寄せた上杉方優位に進んだが、宗瑞が朝興の中軍に向けて断続的攻撃を仕掛け、これを破ることにより、上杉方が総崩れとなったのだろう。かくして、上杉方による新井城後詰《ごづめ》の望みは断たれた。

妙謙が宗瑞の陣に身を投じてから、丸三年が過ぎた。施療全般を取り仕切るようになった妙謙は、宗瑞配下の大半の者にその名が知れ渡っていた。むろん施療技術だけでなく、その高潔な人柄が人々を惹《ひ》きつけたからだ。

己の役割に馴染《なじ》んできた頃、妙謙は宗瑞から呼び出しを受けた。

——まさか、わしを使いに送り込むつもりではなかろうな。

かつて、使僧が耳を削がれて帰されてきたことは、妙謙も知っていた。まさか若輩者の自分に、次の使者の白羽の矢が立つとは思えないが、正使の供として随伴させられる可能性はある。

気乗りしないながらも、妙謙は宗瑞の待つ本陣に向かった。

「折り入って話がある」

作事《さくじ》小屋のような粗末な陣屋《じんや》に通された妙謙に、前置きもなく宗瑞は切り出した。

「以前、使僧が耳を削がれたことは知っておるだろう」

妙謙の顔色が変わった。

「かの者は近くの寺の住持で、道寸と親しいというので任せてみたが、どうやら道寸は、かの者を好いていなかったようだ」

　城攻めの降伏勧告などに使われる使僧は、城方の将と親しい者が選ばれた。成功すれば、勝利者から多大な寄進や諸役免除がもたらされるという利点がある。そのため被占領地の僧たちは、危険を承知でこの役を引き受けたがった。

「そこでだ――」

「拙僧などには到底、務まりませぬ」

　妙謙が宗瑞の言葉を遮った。

「尤もだ」

　宗瑞が簡単に認めたので、妙謙は拍子抜けした。

「しかし、この仕事だけは、貴殿のほかには務まらぬのだ」

　首をかしげる妙謙を見て、宗瑞は意外な顔をした。

「まさか貴殿は、父上から何も聞いておらぬのか」

「と、申されますと」

「貴殿の血筋よ」

　宗瑞は傍《かたわ》らの書箱から巻物を取り出し、筋張った手でそれを広げた。

「これは、三浦一族の系図だ」

「系図と」

「そうか、貴殿は本当に何も聞かされておらぬのだな」

巻物から手を離した宗瑞は瞑目《めいもく》し、しばし黙考した後、問うた。

「死に際し、父上が何か言い残したことはあるか」

妙謙は、父が言った言葉を思い起こした。

「父は、ただひたすら『かわらけ』になれと申しました」

「『かわらけ』とな」

宗瑞は古木の根のような腕を組んで瞑目した。

「父が拙僧に隠し事をしていることは、薄々気づいておりました。しかし父は、隠し事をそのまま冥途《めいど》に持っていきました。過去を捨て、どこか遠い地で、拙僧が平々凡々とした生涯を送ることを、父は望んだのでありましょう」

宗瑞がおもむろに目を開いた。

「そうかもしれぬ。しかし、わしの依頼を聞けば、そなたは父上の遺志に背くことになる。それゆえ、そなたが聞きたくないと申すならやめておく。しかし聞いた後、己の意思で、そなたはあの城に入るやも知れぬぞ。それでも聞きたいか」

考えるまでもなく、妙謙は力強く首肯《しゅこう》した。

# 四

城内から渡された木橋を寄せ手側が受け取り、固定した。

角頭巾《つのずきん》で顔を覆った妙謙は、淡々と進むその奇妙な共同作業を見つめていた。

昨日まで命のやりとりをしていた連中が、なぜか今日は協力して橋を渡している。

そうした光景を見るにつけ、妙謙は、戦とは何と無意味なものかとつくづく思った。

両軍注視の中、妙謙は木橋を一人で渡った。

堀切の真ん中まで来ると、寒々とした風が足元から吹き上げてきた。

その風こそ、堀の両側にいる現世《うつしょ》の人々には感ずることのできない、冥途から吹く風に違いないと、妙謙は思った。

妙謙が堀を渡り切ると、背後の橋が外された。その確認の合図が出されるや、眼前の大手門がゆっくりと開いた。

左右に三浦勢が居並んだ道を妙謙は進んだ。

三浦勢はすでに死を覚悟しているかのように、醒《さ》めた視線を妙謙に注いできた。彼らと目を合わせないように、妙謙はうつむき加減で歩いた。

やがて、その道の先に陣幕が見えてきた。導かれるままに陣幕をくぐると、二人の将が床机《しょうぎ》に座っていた。

「伊勢方の御使者に候《そうろう》」

取次役がそう声高に告げると、二人と相対する床机に妙謙を座らせた。

陣幕を揺らす風の音だけが聞こえる中、陣幕の内に居並ぶ諸将も、外の兵も、固唾《かたず》をのんで事の成り行きを見守っていた。

「伊勢宗瑞から遣《つか》わされた使僧にございます」

「うむ」

妙謙が頭を下げると、年かさの武将が大きくうなずいた。その武将こそ、三浦道寸に違いない。その鋭い眼光に、妙謙は見覚えがあったからだ。

「すでにお伝えしたことだが、伊勢殿がいかな条目を示そうが、降伏はせぬ」

一方の床机に座る若い武将が、敵意をあらわにして言った。

その若武者こそ、道寸の嫡男義意《よしおき》に違いない。

「宗瑞殿も、それは重々承知いたしております。それゆえ格別の配慮を示すとのこと。すなわち、お二人が城を出て仏門に入れば、御家来衆は全員無罪放免、三浦家は弥次郎殿に跡を取らせ、一部の所領を安堵《あんど》の上、存続させます。むろん、この城は弥次郎殿のものとするとのこと」

道寸の次男弥次郎は上総《かずさ》武田氏を頼り、すでに房総に落ちていた。

「笑止。誰がそのような甘言《かんげん》に乗ろうか！」

義意は憎悪に燃える瞳で妙謙を睨《ね》めつけると、軍配を自らの膝《ひざ》に叩きつけた。

鋭い音が空気を切り裂く。

「伊勢殿は、それほどわれらを女々《めめ》しき者とお思いか」

その鋭い眼光とは裏腹な穏やかな声音《こわね》で、道寸が問う。

「いえ、そうではありませぬ。宗瑞殿は、三浦の家が断絶するのは忍びないと申しております」

「三浦の家のことは、とやかく言われたくない。ここで滅ぶはわれらの勝手だ」

道寸が決然として言ってのけたので、兵たちから同意の声が上がった。

「父上、この者も『聞く耳は持たぬ』ということで、よろしいか」

「うむ」

道寸がうなずくと、義意が立ち上がった。

「使僧、耳を切り落とすゆえ、その頭巾を取れ」

覚悟を決めて妙謙が瞑目すると、義意は妙謙に歩み寄り、頭巾に手を掛けた。

次の瞬間、剝《は》ぎ取られた頭巾が地に落ちた。

「あっ」

その時、道寸の口から小さな声が漏れた。しかし義意は、それを意に介さず脇差を抜いた。

「待て」

間一髪のところで道寸が制した。

「妙謙、達者であったか」

「はい」

道寸の意外な言葉に、義意や重臣たちは顔を見合わせた。

「皆は知らぬだろうが、この者は妙謙といい、逗子の法巌寺にいた」

重臣たちの一部から、どよめきが起こった。

「父上、するとこの者が――」

義意が憎悪の籠《こ》もった目で、妙謙を見下ろした。

「ああ、この者こそ高如《たかゆき》殿の忘れ形見。三浦家の正嫡《せいちゃく》だ」


三浦道寸こと義同《よしあつ》は享徳二年（一四五三）、この世に生を享《う》けた。

享徳二年といえば、江島《えのしま》合戦の後、関東公方の足利成氏《しげうじ》と両上杉陣営の間に一時的な妥協が成立し、関東が小康を得ていた頃だ。むろん翌年には、この微妙な均衡も崩れ、泥沼の抗争が再開される。

義同の父の高救《たかひら》は寛正《かんしょう》二年（一四六一）、時高から家督《かとく》を継承するや、文明《ぶんめい》八年

（一四七六）に勃発した長尾景春《かげはる》の乱において太田道灌の片腕として活躍、道灌が景春征伐のため出征した後の江戸城留守居役を託されるまで、篤《あつ》い信頼を寄せられた。

青年義同も父同様、道灌をはじめとした文武に秀でた名将たちに愛された。

北条氏系軍記物には「三浦介陸奥守義同は文武両道の名将」とある。

元服した義同は、三浦一族に連なる横須賀連秀《つらひで》の娘を正室に迎え、文明十八年（一四八六）には家督も継承した。

時勢は混乱を極めていたが、その荒波に乗り出す野心も能力も、義同には備わっていた。

同年、師とも仰いだ道灌が謀殺された。義同は道灌の菩提《ぼだい》を弔うため出家し、瑞雲庵道寸と名乗った。

父道灌を殺された太田資康は、直接の下手人《げしゅにん》の扇谷上杉定正の許《もと》を去り、山内上杉顕定の許に走った。この時、岳父の道寸も誘った。

筋の通らないことを憎むこと一方《ひとかた》ではない道寸も、二つ返事でこれに応じた。ところが道寸の父高救は、いったんそれを認めたものの、実弟定正の説得により翻意し、扇谷陣営に復帰した。

悩み抜いた末、道寸は父と袂《たもと》を分かった。

高救はこれを嘆き、三浦家を辞して上杉姓に復すると、弟の定正と語らい、三浦家当主に義父時高の庶子高如《たかゆき》を封じた。

しかし三浦半島南部には、道寸支持派が多く、高如は逗子堀の内を本拠とし、それより南に進めなかった。一方、実の父に三浦郡を追放された道寸は、自らに従う者を引き連れて山内陣営に身を投じた。

長享《ちょうきょう》二年（一四八八）、道寸は須賀谷原《すがやはら》合戦に参加し、獅子奮迅《ししふんじん》の活躍を見せる。これに怒った定正は翌年、養嗣子朝良に総大将を命じ、三浦郡に残存する道寸支持派を鎮定《ちんてい》させた。

こうした事態に嫌気《いやけ》が差した道寸は、母の実家の大森家に身を寄せ、その菩提寺の総世寺《そうせいじ》に隠遁《いんとん》した。道寸は三浦一族が再び一つになることを願い、自ら身を引いたのだ。しかし大森氏頼は、このまま道寸を朽ち果てさせるつもりはなかった。

延徳《えんとく》三年（一四九一）、大森氏頼の尽力により、扇谷上杉定正と道寸・太田資康の間で手打ちが行われる。この結果、明応三年（一四九四）、道寸は三浦家当主に復帰した。

この間、扇谷家からは高如に何ら救済の手が差し延べられず、高如は宙に浮いた存在となっていった。

五

「妙謙よ、わしを恨んでおろう」

眼下の岩礁に砕ける波濤《はとう》を見つめつつ、道寸が問うた。

「深く恨んでおりまする」

「そうであろうな」

道寸と妙謙は新井城本曲輪《ほんぐるわ》の崖際を歩んでいた。

道寸の鬢《びん》はすでに白くなっていたが、その横顔は青年のような精気に溢れていた。

「道寸様、一つだけお聞きしてもよろしいですか」

「分かっておる。いかなる理由《わけ》から、そなたの父を殺したのか知りたいのだろう」

「はい」

道寸が口端《くちは》に苦笑いを浮かべた。

「そなたの父の寺に赴いた武将は、わが叔父の道香《どうこう》だった。道香めは、そなたが焼け落ちる寸前の本堂に駆け込み、骸《むくろ》が黒焦げになったと申し、高知の首だけを持参した。おそらく、道香はそなたの父と語らい、そなたの命を助けたのだ」

「父の首を落とした武将は道香殿だったのですね」

「そうだ。そなたの父の同腹弟《どうふくてい》だ」

「道寸様は父の弟に命じて、父を殺させたのですか」

「道香が『殺すなら、わが手で』と申したのでな。しかし道香はおぬしを生かし、わしを欺《あざむ》いた。住吉の城で三浦一族の名に恥じぬ最期を遂《と》げていなければ、わしの手で成敗《せいばい》していたところだ」

道寸は穏やかな口調で、事の経緯《いきさつ》を語り始めた。

明応三年（一四九四）、三浦郡を制圧し、当主に復帰した道寸は、前当主・高知の処置に困った。高知は道寸を追放した扇谷家と父高救によって擁立されていたにもかかわらず、彼らに見捨てられた恰好になっていたからだ。

道寸としては、高知を殺すには忍びない。高知は庶腹《しょふく》とはいえ祖父時高の実子であり、本来なら三浦介を継いで然《しか》るべき人物なのだ。

そこで道寸は高知を出家させると、二度と俗事にかかわらないことを誓わせ、新たに建立した法厳寺の住持に据えた。その時、弟の道香は出家を嫌い、道寸に従う道を選んだ。

熟慮の末、道寸はそれを許した。

そのまま何も起こらなければ、高知は僧として平穏な一生を送ったに違いない。しかし伊勢宗瑞の相模侵攻により、三浦家は存亡の危機を迎えた。

高如とその息子妙謙の存在が宗瑞の知るところとなれば、宗瑞は三浦一族の分裂を図るべく、高如父子を傀儡《かいらい》当主に仕立てると道寸は思った。

かつて、自らが身を引いてまでして一族の分裂を嫌った道寸だ。憎むべき伊勢宗瑞と無二の一戦に臨まんとするこの時、分裂によって三浦一族が相討つことだけは避けたかった。その道寸の葛藤を知った道香は、自らの手で禍根《かこん》を絶つことを申し出た。

「やはり、そういうことでしたか」

「宗瑞も、そのように申していたであろう」

「はい」

道寸は歩みを止め、岩礁に舞う鷗《かもめ》を指した。

「鷗とは実に利口な生き物だ。食い物が足らなくとも、お互い死を賭《と》してまで争わぬ。それにひきかえ、人は相手の死を見るまで争う。真《まこと》に愚かな生き物だ」

「人が皆、そうした性《さが》を持っているわけではありますまい」

「そうだ。武家と生まれ出《い》でても、人と争うこと、人を殺すことを厭《いと》う者はいる。貴殿の父上もそういうお方だった」

「そんな父を、あなたは殺した」

はからずも武家に生まれ、望みもせぬのに当主に擁立され、不要となれば切り捨てられた父が、妙謙にはあまりに哀れに思えた。

「妙謙よ、父上は死する時、おぬしに何か言い残したか」

「はい、これからは『かわらけ』となって生きよと申しました」

「『かわらけ』となって生きよか。いい言葉だな」

そう言うと、道寸は足元に散らばる「かわらけ」の破片を拾った。

それは今朝、開城勧告の使者が来ると聞いた道寸が、皆の未練を断ち切るべく、三《さん》献《こん》の儀を執《と》り行った時のものだ。

「『かわらけ』はいい。土から生まれ、器として一度だけ使われた後、また土に戻る。その間も後も、黙して語ることはない。人もかくありたいものだ」

「人は皆、『かわらけ』として生きんと思えば、生きられるのではないでしょうか。それを青磁・白磁にならんと、無為《むい》な殺し合いをする」

「その通りだ。宗瑞もわしも、おぬしと同じ『かわらけ』だ。人は皆、『かわらけ』でしかない。一方の『かわらけ』が別の『かわらけ』を毀《こぼ》っても、勝った『かわらけ』が、青磁・白磁になれるわけではない」

道寸の表情が寂しげに歪《ゆが》んだ。

妙謙は、この時を逃さじと本題に入った。

「道寸様、三浦一族のために城を開けてはいただけませんか」

「城を開けよと申すか」

「何卒《なにとぞ》、三浦一族の名を後世にお残し下さい」

妙謙はその場に膝をつき、道寸の草鞋《わらじ》に額を擦り付けんばかりに懇願した。

「妙謙よ」

道寸が慈愛に溢れた声音で言った。

「わしの父と母に三浦の血は流れておらぬ。それゆえ、わしは三浦の血が流れる者よりも三浦の武士《もののふ》であらねばならぬ。ここで恥を忍べば、なるほど三浦の家名は残るやも知れぬ。しかし汚名も千載《せんざい》に残る。わしがここで三浦の家名を絶やすことに、ご先祖も否《いな》はないはず」

道寸が抜けるような青空を見上げると、数羽の海鳥が飛んでいた。彼らは道寸の意志を肯定するがごとく、同時に翼を上下させた。

それを先祖の同意のしるしと感じたのか、道寸は満足そうな笑みを浮かべた。

「やはり、ご翻意叶いませぬか」

妙謙の問いに答えず、逆に道寸が問い返した。

「この和談を成功に導けば、そなたを三浦の家督に据えると、宗瑞は申したであろう」

「はい。しかし、拙僧はそれを断りました」

「なぜに断った」

道寸が驚いた顔をした。

「三浦の家督は、弥次郎殿に継がせるのが筋というもの。わたしは父の遺訓を守り、『かわらけ』として生きたいと思います」

「そうか、父上はよき息子を持たれた。しかしなぜ、それでも使者となったのか」

妙謙は胸を反らせて言った。

「三浦の家督を餌《えさ》にせずとも、三浦家を存続させるために和談の使者に立つと、宗瑞に申してやりました。それが三浦一族の端くれとしての矜持《きょうじ》です」

「よくぞ申した。おぬしは天晴れな三浦の武士だ」

道寸は瞳にうっすらと涙を浮かべ、妙謙の肩を叩いた。

新井城から戻った妙謙が事の次第を告げると、宗瑞の顔が曇った。

「三浦一族の名誉を守るためにも、仕《し》寄《よ》らねばならぬな」

そう言った宗瑞の顔には、勝者の驕《おご》りなど微塵《みじん》もなかった。

六

道寸と宗瑞の因縁は明応五年（一四九六）にさかのぼる。

長享の乱最中《さなか》のこの年、山内上杉顕定が攻勢に転じ、相模国奥深く攻め入ってきた。七月、両軍は津久井山麓《さんろく》で激突、山内方に凱歌《がいか》が上がり、扇谷方の防衛線は突破された。顕定の狙いは扇谷家勢力圏の最西端にある小田原城だ。

江戸城の朝良は実父朝昌《ともまさ》を小田原城に派遣、大森氏を支援させた。同時に、伊勢宗瑞・三浦道寸・上田正忠らを小田原に集結させた。諸将は岩原《いわはら》・沼田・河村・浜居場《はまいば》などの支城に拠り、互いに援護しながら時を稼ぎ、今川家の来援を待った。

宗瑞は小田原に弟弥次郎を残し、自らは韮山《にらやま》城に戻り、今川勢が韮山に来着次第、それを率いて反攻に出るつもりでいた。ところが、朝昌らが小田原城を出て支城に散ったためか、残された大森藤頼は小田原防衛に不安を抱いた。そこに顕定の調略《ちょうりゃく》の手が伸びた。この調略に乗った藤頼は内応を決意、小田原城内に敵を引き入れたため、伊勢弥次郎らは、不意を突かれて討ち死にした。

明応九年（一五〇〇）、宗瑞は今川家からの援軍を得て、大森氏への攻撃を開始した。同陣営の道寸には通知したが、援軍の依頼はしなかった。

同じ扇谷方という立場から、道寸は宗瑞の小田原攻めを黙認した。しかし道寸の母の実家は大森家であり、今は亡き大森氏頼には大恩もある。ここまで蜜月が続いてきた大森一族の没落を前にして、何もしてやれない道寸は歯がゆかった。

翌年、小田原城は落ち、大森家の一族郎党が相模東部に落ちてきた。敵方とはいえ道寸の縁者や知己《ちき》も多い。道寸は彼らを受け入れたが、宗瑞は強く抗議してきた。これにより、宗瑞と道寸の間は断絶状態になった。

この明応九年から十年間、相模国は西に伊勢宗瑞、東に三浦道寸の両雄《りょうゆう》が並び立つ状態が続く。この間、両上杉家は同盟し、越後の内乱に関与するようになっていた。

永正六年（一五〇九）初頭、宗瑞は山内上杉顕定の攻撃を受ける越後長尾為景《ためかげ》支援を表明した。為景は幕府の支持を取り付けていたため、これで宗瑞に大義ができた。この動きに、今川氏親・長尾景春（伊玄）も同調した。

同年、相模中郡に進出した宗瑞は高麗寺要害と住吉要害を取り立てた。同時に、江戸湾の制海権奪取を目論《もくろ》み、神奈川湊《みなと》に隣接する権現山城の上田政盛を蜂起《ほうき》させた。

同七年（一五一〇）、これに怒った扇谷上杉朝良は反撃に転じ、二万の軍勢で権現山城に攻め寄せた。九日間に及ぶ激戦となったが、兵力に勝る上杉方が勝利し、権現山は落城、上田政盛は逃亡した。

一方同じ頃、道寸は義意を大将とした部隊を住吉要害に派遣、義意は烈火のごとき猛攻でこれを攻略し、高麗寺要害をも自落させた。道寸は義意の活躍に満足し、軍勢を北に向けた。長尾景春の津久井城（津久井山）を攻略するためだ。

朝良勢と合流の上、道寸は津久井城に攻め寄せたが、守将の長尾景春は権現山での敗報が届くや逃亡した。

津久井地域を制圧した朝良と道寸は兵を南に転じ、小田原城まで攻め寄せた。しかし小田原城の堅固さに手を焼き、戦線は膠着《こうちゃく》した。さらに攻城軍の背後に位置する鴨《かも》沢《さわ》要害から小戦を仕掛けられたため、朝良は道寸に鴨沢要害攻撃を依頼した。

道寸は兵を東に転じ、迅速に鴨沢要害を落としたが、その間に、朝良が宗瑞と和睦してしまった。

この戦いにより、宗瑞を相模西郡に封じ込めることに成功したが、再び宗瑞が攻勢に転じることは、明白だった。

そのため、道寸は半ば強奪するように相模中郡を朝良から拝領した。すでに戦国大名化しつつある道寸を抑える力が、この頃の扇谷家にはなかったからだ。

永正八年（一五一一）、道寸は相模中郡に新たに岡崎城を取り立てた。

道寸は宗瑞の攻勢をここで食い止めるつもりでいた。

道寸は岡崎城の前衛にあたる鴨沢要害を重臣の一人に預け、自らは岡崎城に腰を据えた。ちなみにこの時、道寸は新井城を義意に、住吉城を道香に守らせている。

すなわち、道寸自ら宗瑞の矢面《やおもて》に立ったのだ。

永正九年（一五一二）、道寸の予想通り、宗瑞は再び相模中郡に進出してきた。

宗瑞は瞬く間に鴨沢要害を攻略すると、岡崎城に攻め寄せた。

緒戦で鴨沢要害を攻略された三浦陣営は動揺した。宗瑞はそれを見抜き、容赦ない攻撃を仕掛けてきた。

岡崎城をめぐり激戦が展開されたが、奮戦空しく岡崎城は陥落し、三浦勢は東郡の住吉城に後退した。

翌永正十年（一五一三）、住吉城を出撃した道寸と鎌倉近辺まで押し寄せた伊勢勢の間で、鎌倉合戦が勃発する。道寸はこの緒戦を有利に進め、藤沢まで伊勢勢を押し返したが、宗瑞はそこで踏みとどまって反撃に転じた。

藤沢から鎌倉にかけて両軍入り乱れての死闘が繰り広げられたが、やがて敗色濃厚となった三浦勢は、再び住吉城に引き籠もった。しかし宗瑞は追撃の手を緩めず、遂に道寸は、住吉城をも放棄せざるを得なかった。

四月、道寸は新井城に後退していった。

## 七

沖から寄せる波濤が岩塊に砕け、海面が白一色に染まる。

それでも波濤は再び岩塊に挑む。砕け散ることを知りながら、波濤はその行為を繰り返す。その無限に近い繰り返しの果てに、浸食は限界に達し、岩塊は波濤に屈する。

——われらにも、砕け果てる時がきた。

眼下に展開する波濤と岩塊の攻防を、道寸はじっと見つめていた。

――この世に生を享《う》けし者はすべて、いつかは命尽きる。それは一個の生命だけにあらず、一族という血脈で結ばれた集団も同じだ。

朝日が水平線から顔を出すと、彼方から波濤のような喚声《かんせい》が押し寄せてきた。

宗瑞からは、この日（七月十一日）、総懸りするという通知があった。

すでに第一の堀切では、敵方と義意がぶつかり合っているはずだ。

同時に南東からも、風に乗って喊声が聞こえてきた。こちらは海上から押し寄せた伊勢方の水軍が三崎城に攻め寄せる声だ。

道寸は瞑目し、最期の時を待った。


伊勢勢の意を決したかのような攻撃に抗《こう》し得ず、遂に義意は最初の防衛線を放棄した。三浦勢は、すでに矢が尽き、石礫で応酬するしかなかった。

義意は第二の堀切まで退き、敵を待ち構えた。

痩せ尾根は後退もたいへんだが、攻める方も容易ではない。二人がやっとすれ違えるほどの痩せ尾根に立ちはだかる三浦兵と刺し違えるように、谷底に転落する伊勢兵が続出した。やっとの思いで堀切まで到達しても、雨あられのように石礫が投げつけられる。

堀底には、瞬く間に伊勢方の屍《しかばね》が積み上げられていく。しかし、大手門にあたる第一の堀切と比べ、第二の堀切は小規模だ。屍を乗り越えるように伊勢勢は殺到し、虎落《もがり》や鹿垣《ししがき》を引き倒すと、われ先に城内に乱入した。

強弓《こわゆみ》を射ながら、義意は第三の守備線まで後退した。


徐々に近づく喊声を聞きながら、道寸は最後の命令を下した。

「荒次郎に本曲輪《ほんぐるわ》まで引くよう伝えよ」

「水軍衆にも三崎城を放棄し、新井城本曲輪に集うよう伝えよ」

「館に火をかけよ。三浦家代々の宝物もろとも灰にせよ」

続いて道寸は兜《かぶと》をかぶり、小姓に持たせていた長槍を手にした。

そこに義意が駆け込んできた。

「父上、仰せの通り、すべての堀切を放棄しました！」

「皆、ここで共に死のう！」

「応！」

これで敵の前に障害はなくなり、本曲輪の攻防を残すばかりとなった。

「父上、このままでは、敵はほどなくして本曲輪に攻め入ります。遅れた者どもは見殺しになりますが、内の引橋を落としましょう」

義意の進言にも、道寸は泰然として首を左右に振った。

「敵が入りたければ入れてやれ。彼奴《きやつ》らに地獄を見せてやろうぞ」

「それでこそ父上！」

燃えさかる炎の中、道寸は不動明王のように立ち尽くしていた。その頼もしい姿を見て、最後に残った者たちは勇躍し、この世での暇《いとま》を請い、それぞれ敵を求めて走り去っていった。

「父上、長きにわたりお世話になりました」

「荒次郎、あの世で会おう！」

「御免！」

義意は兜をかなぐり捨てると髻《もとどり》を落とし、髪を振り乱して敵中に駆け入った。その姿は、もうもうたる黒煙により瞬く間にかき消された。

道寸の周囲に矢の雨が降りはじめた。傍らの連盾にも立て続けに敵の矢が刺さった。すでに近習や小姓も出払い、本陣は道寸一人になっていた。それでも道寸は微動だにせず、よき敵を待った。

やがて黒煙の中から飛び出してきた敵の一人が、驚いたように道寸を見上げた。それは年端《としは》も行かぬ若武者だった。

「小僧、慌てるな。わしが瑞雲庵道寸だ」

道寸が今生《こんじよう》最後となるであろう名乗りを上げた。

「相模の国小田原の住人、神谷雅楽頭《かみやうたのかみ》に候《そうろう》！」

叫ぶやいなや、神谷が槍を付けてきたが、道寸は数度合わせただけで、相手の力量を覚った。

「小僧、未熟！」

「まだまだ！」

「わが首がほしいか」

「当たり前だ」

「分かった。くれてやろう」

道寸は槍を捨てると、その場に胡坐《あぐら》をかいた。

当初、道寸は幾人かの敵を道連れにしようと思っていた。しかし今更、名もなき者たちを殺したとて、何ほどの意味もないと覚ったのだ。

「宗瑞に伝えよ、よき世を作られよと……」

道寸が言い終わらぬうちに、神谷の槍が突き入れられた。

鮮血が迸《ほとばし》り、脾腹《ひばら》から腸が飛び出してきた。

それでも道寸は懐に手を入れ、辞世の歌が書かれた短冊《たんざく》を取り出した。

「これを宗瑞へ――」

短冊を受け取った神谷は「御免！」と叫ぶや、道寸の心臓に短刀を突き刺した。

永正十三年（一五一六）七月十一日、道寸の死と共に三浦一族は滅亡した。

「討つ者も　討たるる者も　かわらけよ　砕けて後は　もとのつちくれ」

宗瑞は、いまだ残骸の焼ける臭いが漂う新井城本曲輪に佇《たたず》み、道寸の辞世の歌が書かれた短冊を手にしていた。

「『かわらけ』か」

宗瑞の視線の先には、断崖まで敵の屍を運び、投げ入れている兵の姿があった。兵は二人がかりで屍の手足を持ち、遠心力を使って遠くに放り投げている。そのため屍の多くが岩塊に引っ掛からず、白い波濤の中に消えていく。

やがて波濤は血に染まった。それがあまりに鮮烈だったため、後にこの地は油壺と呼ばれるようになる。

その凄惨な光景を臨みつつ、一心不乱に経を唱える僧がいた。その手には、身分不相応な勾玉《まがたま》の数珠《じゅず》が握られていた。

宗瑞は歩み寄り、共に経を唱えた。

「その数珠は道寸殿から託されたのか」

「はい」

「道寸殿は、三浦家最後の家宝をそなたに託したのだな」

「はい、ほかの家宝はすべて焼くとのこと。ただ、拙僧が残る生涯を仏に捧げると申したところ、これだけはやると――」

経を唱え終わると、かつて道寸が見たと同じ波濤と岩塊の営みを、宗瑞はじっと見つめた。

「妙謙、これでもう、おぬしを縛るものはない。どこぞへでも行って、『かわらけ』となるがよい」

「宗瑞様、拙僧は三浦一族を救うことができませんでした」

「滅亡は道寸殿の選んだ道だ。おぬしやわしが、とやかく申すことではない」

「それでも救いたかった」

妙謙はがっくりと肩を落とした。

「おぬしは父の仇《かたき》でさえ救おうとした。きっといい僧になれる」

「拙僧は残る生涯を通して、三浦一族の菩提を弔います」

一心不乱に経を唱える妙謙の傍らで、宗瑞も再びそれに和した。

二人の声は折からの強風に乗り、天高く舞い上がっていった。

「宗瑞様」

しばらくして、家臣の一人が恐る恐る声をかけてきた。

「この者が、道寸殿の首級《みしるし》を挙げた神谷雅楽頭です」

傍らに一人の若武者が拝跪《はいき》していた。

「神谷雅楽頭と申します」

「そうか、よき働きだった」

「ありがたきお言葉」

恩賞の期待に、若武者の声は上ずっていた。

「ところで、かの御仁は、いまわの際《きわ》に何か申しておったか」

「はっ、確か――」

神谷は、道寸の「よき世を作られよ」という最期の言葉を伝えた。

「大儀だった。恩賞は追って沙汰《さた》する」

宗瑞はそれだけ言うや、僧衣を翻して神谷らに背を向けた。

一人、崖際に向かった宗瑞は、黒く焼け焦げた「かわらけ」の破片を拾うと、海に向かって投げた。

「かわらけ」は風に乗り、しばし中空を旋回し、やがて紅い波濤の中に消えていった。

その瞬間、戦国と呼ばれる時代が始まった。

# 解説

黒《くろ》田《だ》基《もと》樹《き》（駿河《するが》台《だい》大学教授）

伊東潤氏の『疾き雲のごとく』は、二〇〇八年に宮帯出版社から刊行され、二〇一二年に講談社文庫として再刊されている。今回、角川文庫としてあらためて再刊された。数度にわたり再刊されるということから、この作品に多くの人々が関心を寄せていることがわかる。

この作品のテーマは、伊勢《いせ》新九郎《しんくろう》盛時《もりとき》、出家して伊勢早雲庵宗瑞《そううんあんそうずい》を称した人物である。すなわち「北条《ほうじょう》早雲」である。ただし作品の構成は、宗瑞を主人公にするのでなく、宗瑞の動向に関わりをみせた人物や事件を取り上げた短編六編からなっている。そしてその六編で取り上げられているのは、「道灌《どうかん》謀殺」が太田《おおた》道灌と今川《いまがわ》家の内乱、「守護家の馬丁《ばてい》」が上杉定正《うえすぎさだまさ》と荒川合戦、「修禅寺の菩薩」が足利茶々丸《あしかがちゃちゃまる》と伊豆《いず》攻略、「箱根山の守護神」が大森氏頼《おおもりうじより》・藤頼《ふじより》と小田原城攻略、「稀《まれ》なる人」が今川氏親《うじちか》と立河原合戦、「かわらけ」が三浦道寸《みうらどうすん》と三浦氏攻略、という具合である。

これらの人物や事件は、伊勢宗瑞の生涯において重要な関わりを持った人物や重要な転機をなした事件にあたっている。舞台は、いずれも戦国時代初期の東国である。しかし戦国時代初期、ましてや東国の状況は、一般の歴史ファン、歴史小説ファンにあっても、あまり馴染《なじ》みのない事柄でなかろうか。「北条早雲」の名は、それなりに知られているといえようが、その実像が明らかになったのはごく最近のことにすぎない。ましてやその周辺の人物や、伊勢宗瑞の生涯における重要な出来事については、ほとんど知られていない事柄といってよかろう。

そのようななか、伊東氏は宗瑞に関わる人物と事件を取り上げている。そこで何より注目されるのは、当時の最新の研究成果を吸収して、小説の内容を構築していることにある。伊勢宗瑞についての研究は、一九九〇年代から、それまでの通説を覆していくようになっていた。その成果を一般向け書籍の形でまとめたものとして、二〇〇〇年刊行の北条早雲史跡活用研究会編『奔る雲のごとく　今よみがえる北条早雲』（北条早雲フォーラム実行委員会）や、二〇〇五年の拙著『戦国北条一族』（新人物往来社、現在は星海社新書『戦国北条五代』として刊行）、二〇〇七年の拙著『北条早雲とその一族』（新人物往来社）などが出されるようになっていた。この作品には、それらで提示された新しい研究成果が、十分に取り入れられている。

なかでも特筆されるのは、宗瑞の年齢が康正《こうしょう》二年（一四五六）生まれとして、それまでの通説よりも二十四歳若くなっていること、相模《さがみ》小田原城攻略の時期がそれまでの明応《めいおう》四年（一四九五）ではなく、同五年から文亀《ぶんき》元年（一五〇一）の間とみられるようになったこと、があげられよう。この作品でも、宗瑞の年齢については明記していないが、登場の段階で青年として描写されている。また小田原城攻略については、文亀元年として記している。そのほかにも、太田道灌の立場を「家宰」（家臣の代表者で当主の代行者）と表現していること、大森氏が扇谷《おうぎがやつ》上杉氏から離叛して山内《やまのうち》上杉氏に従ったことなど、舞台設定としてふんだんに当時の研究成果が取り入れられている。

ちなみにその後も伊勢宗瑞とそれらをめぐる人物・事件についての研究は進展をみていて、現在における研究成果の到達点を示しているものとして、拙著『戦国大名・伊勢宗瑞』（角川選書、二〇一九年）・『今川氏親と伊勢宗瑞』（平凡社、二〇一九年）・『太田道灌と長尾景春』（戎光祥出版、二〇二〇年）などがあげられる。さらに関心を持たれた方はそれらを御覧いただきたい。

そこで六編の短編に登場する人物について、作品の理解の手助けになればと思い、簡単に説明しておくことにしよう。

太田道灌は、戦国時代初期における関東を代表する武将で、知る人も多いかも知れない。相模国守護の扇谷上杉定正の家宰で、武蔵江戸城主であった。文明《ぶんめい》八年（一四六六）の今川家の内乱を終息させたほか、同九年から同十二年の長尾《ながお》景春《かげはる》の乱の平定の立役者であり、その存在は当時から、関東一の文武両道の名将として伝説化していた。

上杉定正は、その太田道灌の主人にあたるが、文明十八年に道灌を謀殺し、その後は山内上杉氏との抗争（長享《ちょうきょう》の乱）を展開した。その戦乱を通じて相模・武蔵南部を領国とし、戦国大名化した。宗瑞の明応二年の伊豆侵攻開始にあたって、宗瑞と同盟を結び、その返礼としてその翌年に、宗瑞に武蔵への出陣を要請した。そうして宗瑞を従えて山内上杉氏の本拠に進軍していったところで、荒川渡河の際に落馬して急死してしまった。

足利茶々丸は、伊豆一国を領するようになっていた堀越公方《ほりごえくぼう》足利家の当主で、延徳《えんとく》三年（一四九一）に父政知《まさとも》の死去をうけて、父の後室（円満院）と嫡弟（潤童子《じゅんどうじ》、本作では潤丸《じゅんまる》）を殺害し、実力で堀越公方家当主となったが、旧政知派との抗争が展開され、その状況が周辺地域にも波及していき、宗瑞や今川氏親とも敵対関係になった。明応二年の政変で、異母弟の足利義澄《よしずみ》が室町幕府将軍になると、宗瑞・今川氏親に茶々丸追討が命じられたとみられ、それにより宗瑞の伊豆侵攻が開始される。茶々丸は山内上杉氏・甲斐武田《かいたけだ》氏の支援をえて対抗するが、同七年に宗瑞の攻撃により自害に追い込まれている。これにより宗瑞は伊豆一国を領国とする戦国大名に台頭するのであった。

大森氏は相模西部と駿河《するが》東北部の両地域を領国とした有力な国衆（郡規模の領域支配者）で、小田原城を本拠にし、扇谷上杉氏に従っていた。明応三年の大森氏頼の死去以前、長男の実頼《さねより》が当主になっていたが、氏頼より早く死去していたため、実頼の子定頼《さだより》が当主になっていたと思われるが、叔父の藤頼が当主になっていたという伝えもある。この点については関係史料がなく、はっきりしていない。同五年の時点では、定頼が当主で、扇谷上杉氏に従っていたが、山内上杉氏の侵攻をうけて同氏に従った。これをうけて同九年頃に、宗瑞による小田原城攻略がおこなわれたとみなされる。これにより宗瑞は、関東の一部に領国を拡大し、以後における関東侵攻の出発点をなした。そして子の氏綱《うじつな》が小田原城を本拠とすることで、子孫は戦国大名小田原北条氏へと展開していく。

今川氏親は、宗瑞の姉・北川殿《きたがわどの》の子で、戦国大名駿河今川氏の初代になる。文明八年の内乱で敗北して逼塞《ひっそく》していたが、長享元年（一四八七）に宗瑞の活躍により今川氏当主となっている。宗瑞の伊豆侵攻開始後に、遠江《とおとうみ》領国化をすすめ、さらに領国を東三河《ひがしみかわ》におよぼし、戦国時代初期では最大の領国を形成する戦国大名になっている。晩年には、戦国大名の分国法として最初となる「今川仮名目録」を制定するなど、最先端の戦国大名であった。

三浦道寸は、相模三浦郡を領国とした国衆で、扇谷上杉氏の一族にあたった。相模中郡の岡崎城も拠点として有し、永正《えいしょう》九年（一五一二）から宗瑞が相模経略をすすめた際に、直接に抗争した相手になる。同十年から本拠の三崎新井城での篭城《ろうじょう》戦を展開するが、同十三年に攻略され、三浦氏は滅亡する。これにより宗瑞は、相模一国の経略を完成させ、伊豆・相模二ヶ国の戦国大名となっている。

これら六人は、いずれも宗瑞の生涯を彩る、重要な人物たちになる。しかもどれも個性的な人々といいうる。しかしながらそれらの認知度は、残念ながら低いといわざるをえない。そのためこうした人々が小説の題材に取り上げられることは、それらへの関心を呼び起こす重要な契機と思われる。この作品をきっかけに、それらの人々、さらには伊勢宗瑞とそれをめぐる戦国時代初期の東国史への関心が高まることを期待したい。

本書は、二〇一二年三月に講談社文庫より刊行
されました。

疾《はや》き雲《くも》のごとく

伊《い》東《とう》潤《じゅん》

令和4年 7月25日　初版発行

発行者●堀内大示

発行●株式会社KADOKAWA
〒102-8177　東京都千代田区富士見2-13-3
電話　0570-002-301（ナビダイヤル）

角川文庫 23264

印刷所●株式会社暁印刷
製本所●本間製本株式会社

表紙画●和田三造



●お問い合わせ
https://www.kadokawa.co.jp/（「お問い合わせ」へお進みください）
※内容によっては、お答えできない場合があります。
※サポートは日本国内のみとさせていただきます。
※Japanese text only


ISBN 978-4-04-112760-5　C0193

◇◇◇

# 角川文庫発刊に際して

角川源義

第二次世界大戦の敗北は、軍事力の敗北であった以上に、私たちの若い文化力の敗退であった。私たちの文化が戦争に対して如何に無力であり、単なるあだ花に過ぎなかったかを、私たちは身を以て体験し痛感した。西洋近代文化の摂取にとって、明治以後八十年の歳月は決して短かすぎたとは言えない。にもかかわらず、近代文化の伝統を確立し、自由な批判と柔軟な良識に富む文化層として自らを形成することに私たちは失敗して来た。そしてこれは、各層への文化の普及滲透を任務とする出版人の責任でもあった。

一九四五年以来、私たちは再び振出しに戻り、第一歩から踏み出すことを余儀なくされた。これは大きな不幸ではあるが、反面、これまでの混沌・未熟・歪曲の中にあった我が国の文化に秩序と確たる基礎を齎らすためには絶好の機会でもある。角川書店は、このような祖国の文化的危機にあたり、微力をも顧みず再建の礎石たるべき抱負と決意とをもって出発したが、ここに創立以来の念願を果すべく角川文庫を発刊する。これまで刊行されたあらゆる全集叢書文庫類の長所と短所とを検討し、古今東西の不朽の典籍を、良心的編集のもとに、廉価に、そして書架にふさわしい美本として、多くのひとびとに提供しようとする。しかし私たちは徒らに百科全書的な知識のジレッタントを作ることを目的とせず、あくまで祖国の文化に秩序と再建への道を示し、この文庫を角川書店の栄ある事業として、今後永久に継続発展せしめ、学芸と教養との殿堂として大成せんことを期したい。多くの読書子の愛情ある忠言と支持とによって、この希望と抱負とを完遂せしめられんことを願う。

一九四九年五月三日

# 角川文庫ベストセラー

## 武田家滅亡　伊東潤

戦国時代最強を誇った武田の軍団は、なぜ信長の侵攻からわずかひと月で跡形もなく潰えてしまったのか？　戦国史上最大ともいえるその謎を、本格歴史小説界の俊英が解き明かす壮大な歴史長編。

## 山河果てるとも　天正伊賀悲雲録　伊東潤

「五百年不乱行の国」と謳われた伊賀国に暗雲が垂れ込めていた。急成長する織田信長が触手を伸ばし始めたのだ。国衆の子、左衛門、忠兵衛、小源太、勘六の4人も、非情の運命に飲み込まれていく。歴史長編。

## 北天蒼星　上杉三郎景虎血戦録　伊東潤

関東の覇者、小田原・北条氏に生まれ、上杉謙信の養子となってその後継と目された三郎景虎。越相同盟による関東の平和を願うも、苛酷な運命が待ち受ける。己の理想に生きた悲劇の武将を描く歴史長編。

## 天地雷動　伊東潤

信玄亡き後、戦国最強の武田軍を背負った勝頼。信長、秀吉ら率いる敵軍だけでなく家中にも敵を抱え苦悩するが……かつてない臨場感と震えるほどの興奮！　熱き人間ドラマと壮絶な合戦を描ききった歴史長編！

## 西郷の首　伊東潤

西郷の首を発見した軍人と、大久保利通暗殺の実行犯は、かつての親友同士だった。激動の時代を生き抜いた二人の武士の友情、そして別離。「明治維新」に隠されたドラマを描く、美しくも切ない歴史長編。

## 角川文庫ベストセラー

戦国秘譚
神々に告ぐ（上）（下）
安部龍太郎

戦国の世、将軍・足利義輝を助け秩序回復に奔走する関白・近衛前嗣は、上杉・織田の力を借りようとする。その前に、復讐に燃える松永久秀が立ちふさがる。彼の狙いは？　そして恐るべき朝廷の秘密とは――。

彷徨える帝（上）（下）
安部龍太郎

室町幕府が開かれて百年。二つに分かれていた朝廷も一つに戻り、旧南朝方は逼塞を余儀なくされていた。幕府を崩壊させる秘密が込められた能面をめぐり、旧南朝方、将軍義教、赤松氏の決死の争奪戦が始まる！

浄土の帝
安部龍太郎

末法の世、平安末期。貴族たちの抗争は皇位継承をめぐる骨肉の争いと結びつき、鳥羽院崩御を機に戦乱の炎が都を包む。朝廷が権力を失っていく中、自らの存在意義を問い理想を追い求めた後白河帝の半生を描く。

天下布武（上）（下）
夢どの与一郎
安部龍太郎

信長軍団の若武者・長岡与一郎は、万見仙千代、荒木新八郎ら仲間に支えられ明智光秀の娘・玉を娶る。大航海時代、イエズス会は信長に何を迫ったのか？　信長の夢に隠された真実を新視点で描く衝撃の歴史長編。

密室大坂城
安部龍太郎

大坂の陣。二十万の徳川軍に包囲された大坂城を守るのは秀吉の一粒種の秀頼。そこに母・淀殿がかつて犯した不貞を記した証拠が投げ込まれた。陥落寸前の城を舞台に母と子の過酷な運命を描く。傑作歴史小説！

# 角川文庫ベストセラー

## 幕末　開陽丸　徳川海軍最後の戦い　安部龍太郎

鳥羽・伏見の戦いに敗れ、旧幕軍は窮地に立たされていた。しかし、徳川最強の軍艦＝開陽丸は屈することなく、新政府軍と抗戦を続ける奥羽越列藩同盟救援のため北へ向うが……。直木賞作家の隠れた名作！

## 佐和山炎上　安部龍太郎

佐和山城で石田三成の三男・八郎に講義をしていた八十島庄次郎は、三成が関ヶ原で敗れたことを知る。徳川方に城が攻め込まれるのも時間の問題。はたして庄次郎の取った行動とは……。（『忠直卿御座船』改題）

## 維新の肖像　安部龍太郎

日露戦争後の日本の動向に危惧を抱いていたイェール大学の歴史学者・朝河貫一が、父・正澄が体験した戊辰戦争の意味を問い直す事で、破滅への道を転げ落ちていく日本の病根を見出そうとする。

## 平城京　安部龍太郎

遣唐大使の命に背き罰を受けていた阿倍船人は、突如兄から重大任務を告げられる。立ち退き交渉、政敵との闘い……数多の試練を乗り越え、青年は計画を完遂できるのか。直木賞作家が描く、渾身の歴史長編！

## 新選組血風録　新装版　司馬遼太郎

勤王佐幕の血なまぐさい抗争に明け暮れる維新前夜の京洛に、その治安維持を任務として組織された新選組。騒乱の世を、それぞれの夢と野心を抱いて白刃とともに生きた男たちを鮮烈に描く。司馬文学の代表作。

# 角川文庫ベストセラー

北斗の人　新装版　司馬遼太郎

剣客にふさわしからぬ含羞と繊細さをもった少年は、北斗七星に誓いを立て、剣術を学ぶため江戸に出るが、なお独自の剣の道を究めるべく廻国修行に旅立つ。北辰一刀流を開いた千葉周作の青年期を爽やかに描く。

豊臣家の人々　新装版　司馬遼太郎

貧農の家に生まれ、関白にまで昇りつめた豊臣秀吉の奇蹟は、彼の縁者たちを異常な運命に巻き込んだ。平凡な彼らに与えられた非凡な栄達は、凋落の予兆となる悲劇をもたらす。豊臣衰亡を浮き彫りにする連作長編。

司馬遼太郎の日本史探訪　司馬遼太郎

歴史の転換期に直面して彼らは何を考えたのか。動乱の世の名将、維新の立役者、いち早く海を渡った人物など、源義経、織田信長ら時代を駆け抜けた男たちの夢と野心を、司馬遼太郎が解き明かす。

尻啖え孫市　(上)(下)　新装版　司馬遼太郎

織田信長の岐阜城下にふらりと現れた男。真っ赤な袖無羽織に二尺の大鉄扇、日本一と書いた旗を従者に持たせたその男こそ紀州雑賀党の若き頭目、雑賀孫市。無類の女好きの彼が信長の妹を見初めて……痛快長編。

乾山晩愁　葉室　麟

天才絵師の名をほしいままにした兄・尾形光琳が没して以来、尾形乾山は陶工としての限界に悩む。在りし日の兄を思い、晩年の「花籠図」に苦悩を昇華させるまでを描く歴史文学賞受賞の表題作など、珠玉5篇。

# 角川文庫ベストセラー

はだれ雪　(上)(下)　葉室　麟

浅野内匠頭の〝遺言〟を聞いたとして将軍綱吉の怒りにふれ、扇野藩に流罪となった旗本・永井勘解由。若くして扇野藩士・中川家の後家となった紗英はその接待役を命じられた。勘解由に惹かれていく紗英は……。

孤篷のひと　葉室　麟

千利休、古田織部、徳川家康、伊達政宗――。当代一の傑物たちと渡り合い、天下泰平の茶を目指した茶人・小堀遠州の静かなる情熱、そして到達した〝ひとの生きる道〟とは。あたたかな感動を呼ぶ歴史小説！

天翔ける　葉室　麟

幕末、福井藩は激動の時代のなか藩の舵取りを定めきれず大きく揺れていた。決断を迫られた前藩主・松平春嶽の前に現れたのは坂本龍馬を名のる1人の若者。明治維新の影の英雄、雄飛の物語がいまはじまる。

青嵐の坂　葉室　麟

扇野藩は財政破綻の危機に瀕していた。中老の檜弥八郎が藩政改革に当たるが、改革は失敗。挙げ句、弥八郎は賄賂の疑いで切腹してしまう。残された娘の那美は、偏屈で知られる親戚・矢吹主馬に預けられ……。

信長死すべし　山本兼一

甲斐の武田氏をついに滅ぼした織田信長は、正親町帝に大坂遷都を迫った。帝の不安と忍耐は限界に達し、ついに重大な勅命を下す。日本史上最大の謎を、明智光秀ら周囲の動きから克明に炙り出す歴史巨編。